Myrta

T. 2

Le Secret de l'alliance perdue

Bonne lecture !

Déjà paru :

Myrta, tome 1 : Les Sirènes kleptomanes.

Illustrations intérieures (pages 22, 46, 84, 96 et 106) et de couverture réalisées par **Brand Alexander**.
Cartes et illustration intérieure (page 206) réalisées par **Mandar**.

Myrta

T. 2

Le Secret de l'alliance perdue

Laurence Erwin

Illustré par
Brand Alexander et Mandar

Au Loup Éditions

Légende

1. Maison de Myrta
2. Collège
3. Cinéma Le Splendid
4. Île du Petit Versailles
5. Stade
6. Banque VBF
7. Piscine
8. Mairie

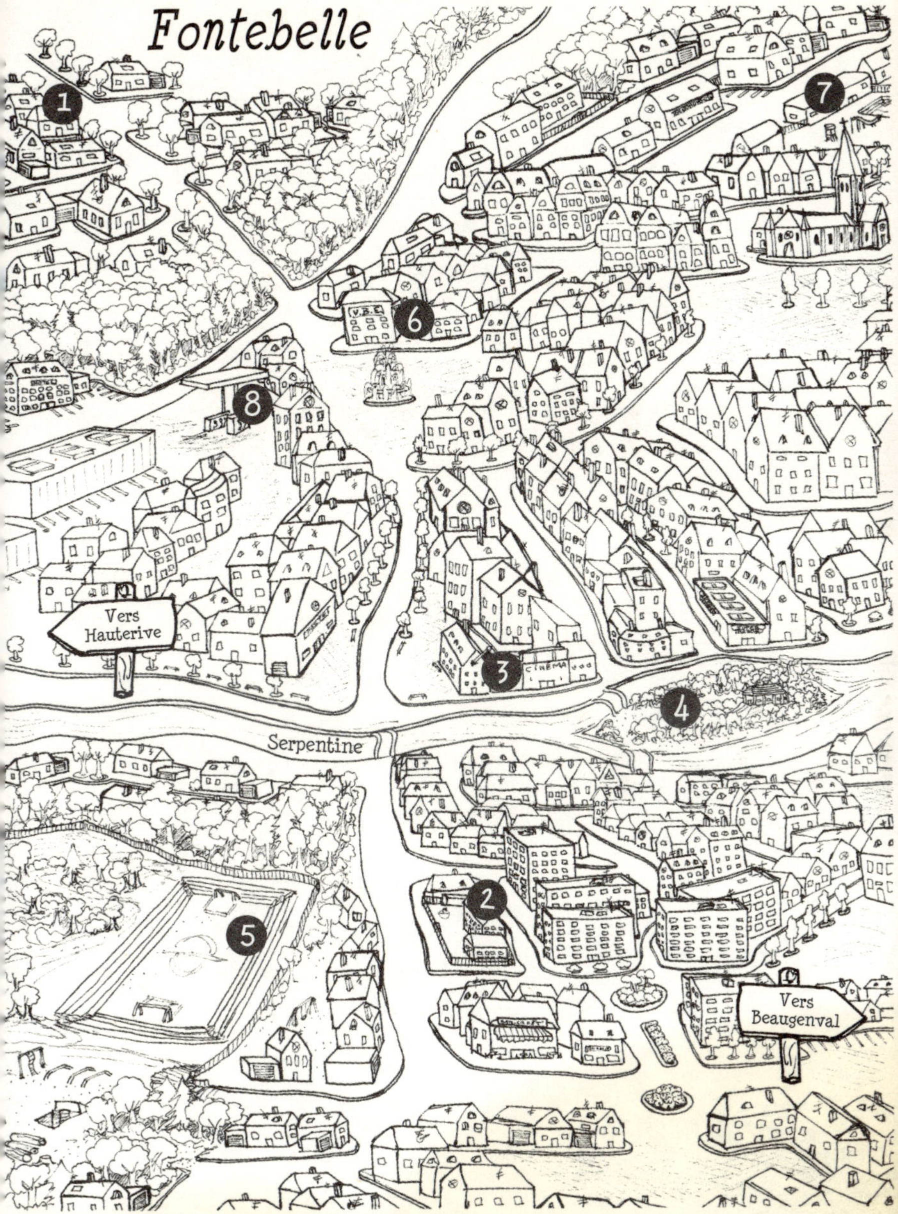
Fontebelle
1
7
6
V.B.E
8
Vers
Hauterive
3
CINEMA
4
Serpentine
2
5
Vers
Beaugenval

Aérodrome
Fontebelle
Chantier de l'hippodrome
Hauterive
Serpentine
Château de Beaugenval
Beaugenval
Région de Fontebelle et Beaugenval

Prologue

Château de Beaugenval, mois de juillet

Blam !

Le bruit ressemble à celui du tonnerre.

Blanche ferme les yeux et porte machinalement la main à son cœur. Bon, ce n'est pas qu'elle risque grand-chose de ce côté-là : son cœur ne bat plus depuis longtemps alors pas trop de risque de faire une crise cardiaque, n'est-ce-pas ? Mais quand même ! Elle est chez elle, ici, non ? Et depuis assez longtemps déjà pour mériter qu'on la laisse tranquille. En tout cas, elle n'est pas d'humeur à tolérer qu'on vienne la déranger.

Car ce bruit, ce n'est pas le tonnerre : le ciel est d'un bleu à toute épreuve, la chaleur intense, et, s'il doit y avoir un orage, il n'arrivera pas avant le soir. Or, le soleil est encore haut dans le ciel, il doit être à peine quatre heures de l'après-midi.

Blam !

De nouveau le même bruit.

En plus, ce qui agace Blanche c'est qu'elle ne sait même pas de quoi il s'agit. Cela semble venir du bas. Peut-être des coups de bélier contre les portes du château ?

Un instant, elle sent la panique l'envahir à l'idée qu'une armée de chevaliers et de soldats pourrait être là, prête à mener l'assaut. Mais... non : il y a déjà bien longtemps qu'il n'y a plus de portes après le pont-levis. Il n'est plus question depuis des siècles de défendre les murailles en ruines. Ni le château, qui ne vaut guère mieux. Ce bruit ne peut pas être celui d'assiégeants préparant l'attaque de la forteresse, malgré ce que voudraient lui faire croire sa rêverie et ses souvenirs.

Alors, de quoi s'agit-il ?

Blanche ouvre les yeux et regarde autour d'elle. Comme d'habitude, elle se trouve en haut de la tour. Une habitude ancienne. Ces lieux, elle les connaît par cœur, elle en connaît chacune des pierres. C'est pourquoi, à ce moment-là, elle a du mal à croire ce qu'elle voit : une fissure qui traverse la muraille en face d'elle, comme une vilaine cicatrice qui, un instant plus tôt, elle le sait, ne s'y trouvait pas.

Et ça, elle est bien placée pour le savoir puisque, ce mur, elle vient justement de le traverser.

Blanche soupire. Si ce ne sont pas des assaillants, cela y ressemble beaucoup. Elle redresse les épaules et entreprend de descendre en flottant la longue volée des escaliers. Elle est bien décidée à défendre ce qui peut encore l'être. C'est son devoir d'ailleurs, puisqu'elle est la Dame

Blanche, la dernière héritière du château.

Bien sûr, elle n'est pas seule. Il y a bien un autre fantôme qu'elle, ici. Un instant, elle hésite. Lui demander de l'aide ? L'idée pourrait paraître tentante, mais elle l'a déjà fait une fois. Jadis, elle l'a appelé au secours. Avec un résultat désastreux qui ne mérite même pas qu'on en parle. Alors Blanche hausse les épaules et renonce. Il y a déjà si longtemps qu'elle fait semblant d'ignorer la présence de l'Autre. Il n'y a pas de raison pour que cela change et, puisqu'il le faut, elle continuera à faire comme s'il n'était pas là.

Chapitre 1

L'Écossais

Fontebelle, mardi après-midi

— Franchement, je voudrais trop être à ta place.

Myrta regarde avec perplexité le message qui vient de s'afficher sur l'écran de son ordinateur. C'est vrai que Clémence, qui bavarde avec elle sur Skype depuis un moment, a l'habitude de passer du coq à l'âne, mais cette déclaration est quand même surprenante. Alors, elle réfléchit et écrit à son tour.

— Ok. C'est vrai que je suis super géniale. ☺ Mais, à part ça, pourquoi tu envies ma place ? Parce que là, tout de suite, je ne vois pas trop la raison...

— Mais l'Écossais, évidemment !

— Hmm... L'Écossais... quoi ? Parce que des Écossais, je ne sais pas si tu es au courant, mais il va y en avoir pas mal dans le coin, bientôt !

— Celui qui va venir chez toi, bien sûr ! Tu as trop de chance d'en avoir un rien que pour toi, c'est trop cool ! J'espère qu'il aura une jupe et tout. Moi, les Écossais, je suis fan. ☺

Ah ! Oui, bien sûr ! L'Écossais. Celui que les parents de Myrta ont accepté d'héberger pendant une semaine, le temps des *Highland Games*, les fêtes sportives écossaises qui vont avoir lieu la semaine prochaine dans la ville voisine de Fontebelle. Depuis que Beaugenval est jumelée à une ville écossaise, leur mairie organise ces fêtes tous les ans. Il faut dire que leur château, qui date du Moyen-Âge, est drôlement impressionnant et fait un superbe décor pour les jeux. Et c'est très bien : cela crée un peu d'animation au début des vacances, juste au moment où l'on a l'impression de ne plus savoir quoi faire.

Sur le clavier, Myrta répond à Clémence.

— Une jupe ? Tu veux dire un kilt ? Ça, je ne sais pas. Mais ça m'étonnerait qu'il prenne l'avion en kilt, ça ne doit pas être super pratique !

— Yes, un kilt ! C'est ça. J'adore ! Et en plus, c'est un super athlète, super musclé et tout ! Tu me le présenteras tout de suite, hein ? Tu imagines, Mara et les autres ? Elles vont être vertes de jalousie !

— Ok. Promis. Écoute : si tu veux, tu peux passer chez moi cet après-midi. Vers cinq heures, il sera déjà là et je te le présenterai. Ok ?

— Merci, merci, merciii !

— De rien, de rien ! Mais là il faut que je file : ma mère m'appelle. D'accord ?

— Ok. Je compte sur toi ! Bisous XXX

— Biz ++

Myrta ferme la fenêtre, met l'ordinateur en veille et se retourne vers celle qui depuis deux minutes se tenait derrière elle et, penchée par-dessus son épaule, lisait tranquillement tous les messages.

— Alors ça va, Zombinina ? Ça t'intéresse, ce que tu lis ?

Manifestement, Zombinina n'a pas compris l'ironie de la question, car elle répond sans s'émouvoir.

— Oui, oui, c'est intéressant ! Mais il y a un truc que je ne comprends pas : pourquoi tu lui as dit que ta mère t'appelait ? Moi je n'ai rien entendu ! D'ailleurs je crois que ta mère est dans son bureau en ce moment.

Pfff... Myrta lève les yeux au ciel.

— Merci pour l'info ! Évidemment non, ma mère ne m'a pas appelée, je suis au courant, figure-toi. Mais bon, qu'est-ce que tu voulais que je lui dise, à Clémence ? « Excuse-moi, il faut que je te laisse, parce que mon amie-fantôme vient de débarquer sans prévenir dans ma chambre et j'ai des choses à lui raconter » ? Si je lui disais ça, ça risquerait de la surprendre, non ?

Zombinina lève un sourcil, un peu déconcertée car, cette fois, elle a perçu la critique : Myrta n'est pas forcément ravie de la voir se matérialiser à l'improviste juste à côté d'elle pour un oui ou pour un non. Mais sa curiosité est la plus forte et c'est d'un ton plein d'enthousiasme qu'elle répond.

— Hmm ! Tu as des choses à me raconter, alors ? Je le savais ! C'est pour cela qu'on est venus ici Griffou et moi, parce que tu voulais nous voir et qu'on l'a bien senti.

Griffou ? Myrta ne l'avait pas vu mais elle le cherche des yeux et le repère sans difficulté. Comme à son habitude le chat fantôme s'est installé confortablement au milieu du lit. Il serait disposé à y somnoler mais Myrta, elle, n'est pas disposée à le laisser : elle adore les chats et, Griffou, c'est le seul auquel elle ne soit pas allergique et qu'elle peut caresser tranquillement. Alors elle le prend dans ses bras, s'installe sur le tapis et fait signe à Zombinina qui vient sans façons s'installer à côté d'elle.

— Alors vas-y, on t'écoute, dit la jeune esprit fantôme d'un air décidé. C'est quoi exactement cette histoire d'Écossais ?

Myrta regarde son réveil et, tout en caressant le chat, le montre d'un geste à son amie.

— Tu vois le réveil, là ? Il est juste trois heures de l'après-midi. Eh bien c'est juste maintenant que son avion atterrit ! Papa va le ramener à la maison et il arrivera dans une heure au plus tard.

— Mais de qui tu parles ? De l'Écossais ? Celui que tes parents ont invité ?

— Oui, c'est ça. Mais ce n'est pas n'importe quel Écossais. C'est un champion qui va participer aux *Highland Games* ! Il y en a beaucoup qui vont venir pour participer aux championnats à Beaugenval et tous les gens qui ont accepté d'héberger les participants aux jeux vont recevoir un invité. Comme beaucoup de sportifs vont arriver par l'aérodrome que dirige Papa, il s'est porté volontaire lui aussi.

— La visite d'un champion, ça peut être sympa et... il est champion de quoi exactement, celui qui va venir ici ?

Myrta hésite un peu.

— Hmm... Comment dire ? Il paraît qu'il est champion du lancer de pierre lourde.

— Le lancer de pierre lourde ? Mais c'est quoi, ça ? On dirait que tu parles d'Obélix !

Zombinina lance à Myrta un regard méfiant. Elle a l'air de se demander si son amie n'est pas en train de se moquer d'elle. Mais Myrta ne se démonte pas pour si peu.

— Parce que tu connais Astérix et Obélix, toi ? Eh bien, si tu avais lu *Astérix chez les Pictes*, tu saurais ce que sont les *Highland Games*. Bon, c'est pas grave, on va arranger ça...

Myrta se lève et, sans lâcher Griffou, qui proteste pour la forme d'un miaulement indigné, se dirige vers son bureau. Un mouvement de la souris et l'écran de l'ordinateur se rallume.

— Regarde, dit-elle en souriant, on va poser la question à Google et on aura la réponse tout de suite, c'est magique.

Elle écrit « *Highland Games* » dans la barre de recherche, clique sur « images » et toute une série de photos plus étonnantes les unes que les autres apparaît immédiatement. Zombinina, qui est surprise autant par les scènes qu'elle voit que par l'ordinateur dont elle découvre la technologie, ouvre des yeux ronds.

— Oh, ce sont de vraies photos ? dit-elle en posant

l'index sur celle d'un highlander jetant à l'horizontale un tronc beaucoup plus grand que lui.

— Touche pas à l'écran ! s'exclame Myrta. Tu n'es pas censée faire ça, ça l'abîme !

— Aucune importance ! répond Zombinina en haussant les épaules. Je suis un esprit-fantôme alors je peux toucher ce que je veux.

Elle n'ajoute pas « Nananère » mais l'idée est là. Myrta lui lance un regard de côté. Elle tient quand même à remettre les choses au point.

— Ça c'est toi qui le dis ! Moi je ne parierais pas là-dessus. Je te rappelle que, quand tu es près de moi, tu te matérialises de plus en plus... d'ailleurs c'est toi-même qui me l'as dit, tu te souviens ?

— Mais c'est vrai ! J'avais complètement oublié, dit Zombinina d'un air très intéressé. Et elle ajoute : Tu crois que je suis assez matérielle pour... pouvoir me servir de ton ordinateur ?

— Hmm... Peut-être... Mais, pour ça il faudrait d'abord que je te donne la permission ! C'est mon ordinateur et, un ordinateur, c'est comme une brosse à dents : si on ne veut pas attraper de virus, ça ne se prête pas.

Zombinina lui adresse un regard consterné et Myrta éclate de rire :

— Non, ça va... Je plaisantais. Tu peux t'en servir quand tu veux. D'ailleurs, c'est quoi, ce que tu veux faire ?

— Ah merci ! C'est sympa ! En fait, je ne sais pas encore exactement, il faudra que je réfléchisse d'abord, parce que là, tout de suite, je n'ai pas trop d'idées.

Myrta trouve étrange l'air ravi qu'arbore Zombinina mais elle ne sait pas comment tirer cela au clair, d'autant plus que son amie change brusquement de sujet :

— Pour en revenir à tes lanceurs de troncs, tu ne trouves pas que c'est un peu bizarre, quand même, de faire des championnats écossais dans une ville de France ?

— Pas du tout ! Il y a toujours eu beaucoup d'échanges entre les deux pays et il paraît même qu'au Moyen-Âge il y avait de nombreux Écossais par ici. Et il y en aura de nouveau beaucoup ces jours-ci. D'ailleurs, il y a justement quelque chose que je voulais te demander...

— Oui ? demande Zombinina en souriant. Si je peux te rendre service, pas de problème. Et c'est quoi exactement ?

— Eh bien voilà... Ces jours-ci, avec cette histoire de jeux et d'Écossais, il va y avoir plein de monde, ici. En plus, je vais aller travailler à Beaugenval à partir de demain.

Zombinina la regarde avec surprise.

— Mais qu'est-ce-que tu vas faire là-bas ? Tu t'es trouvé un job d'été ? Tu as besoin de gagner de l'argent ?

— En fait, non. Je vais faire ça gratuitement. On a décidé de se porter volontaires pour l'organisation des *Highland Games* et on commence dès demain.

— Laisse-moi deviner : je suis sûre que Clémence, Laura, Rapha et Lucas se sont inscrits eux aussi ? J'ai raison ?

— Presque ! Laura ne s'est pas inscrite parce qu'elle va participer aux jeux avec son groupe de danses irlandaises, mais sinon, c'est vrai, on s'est tous inscrits. Ça va être cool, j'en suis sûre !

Zombinina hésite un peu.

— Cool... J'espère aussi. Mais alors, c'est quoi le service que tu veux me demander ?

— Juste de faire attention quand tu viens me parler. Tu te souviens de la fête de fin d'année avec tous les élèves du collège au bord du lac, il n'y a même pas un mois ? J'ai peur de m'être fait une réputation terrible à ce moment-là ! À chaque fois que tu venais me parler, les autres avaient l'impression que je me mettais à parler toute seule... Ils ont fini par mettre ça sur le compte du stress que j'avais eu quand j'étais restée enfermée dans la grotte souterraine dans la forêt[1]. Mais il ne faudrait pas que ça recommence trop souvent.

— Tu exagères, dit Zombinina. Elle s'est très bien passée cette fête au lac ! Tout le monde était super content et voulait être ami avec toi... Mais si tu ne veux pas que je fasse partie de ton groupe, tu n'as qu'à le dire !

Myrta regarde son amie. C'est vrai que ça ne doit pas être drôle tous les jours d'être un esprit-fantôme.

— Ce n'est pas ça du tout ! J'aimerais bien que tu viennes avec nous mais... comment faire ? Je te rappelle que je suis la seule à te voir et à t'entendre et je ne vois pas du tout comment je pourrais te présenter aux autres. Si je leur disais que j'ai des amis fantômes, ils croiraient que je suis devenue folle.

---

1. Voir Myrta, tome 1 : Les Sirènes kleptomanes.

C'est vrai que Myrta, qui a les yeux vairons, un œil vert et un œil marron, se sent parfois un peu à part à cause de ça. Et encore plus depuis qu'elle a appris, il y a peu de temps, que cela lui permettait de voir les êtres du monde magique, comme Zombinina et Griffou.

— Tu te trompes ! dit Zombinina qui a l'air plus triste que fâché. Ils ne penseraient pas que tu es folle mais que tu as de la chance de pouvoir me parler ! Ils t'envieraient... Mais puisque tu n'es pas de cet avis, je ferai ce que tu veux. J'éviterai de venir te voir pendant les jours qui viennent. D'ailleurs, de toute façon, Griffou et moi on ne vient que si tu as besoin de nous, rappelle-toi.

Myrta n'est pas vraiment convaincue mais elle n'a pas envie d'insister.

— Eh bien merci ! conclut-elle. Et pendant que je serai à Beaugenval tu pourras te servir de mon ordinateur tant que tu voudras, d'accord ?

Le regard de Zombinina s'éclaire alors, comme si la proposition de Myrta devait lui permettre de réaliser un rêve.

— D'accord, c'est promis ! Et tu verras : Griffou et moi on sera tellement discrets que tu finiras par nous appeler toi-même.

Elle vient à peine de prononcer ces quelques paroles que, soudain, on entend un bruit strident résonner dans la maison, suivi d'une cavalcade. Zombinina sursaute et, d'un seul coup, le poil de Griffou le fait ressembler à un hérisson.

— N'ayez pas peur, dit Myrta, c'était juste la sonnerie de la porte d'entrée. Maman est allée ouvrir à Papa et l'Écossais qui viennent d'arriver !

Chapitre 2

L'apparition

Beaugenval, mercredi matin

— Tu sais, elle est de travers. Tu devrais la redresser.

Myrta jette un coup d'œil un peu énervé par-dessus son épaule. Clémence est là, à trois mètres derrière elle. Elle est assise sur une chaise en train d'observer ses ongles avec fascination. De temps en temps, elle jette un coup d'œil à Myrta d'un air vaguement intéressé comme pour vérifier ce qu'elle fait. Bonjour le travail d'équipe !

Car Myrta, elle, est juchée sur sa propre chaise, sur la pointe des pieds. Elle tient à bout de bras un coin de la banderole qui est censée décorer le stand. Elle essaie de l'accrocher tant bien que mal à la planche au-dessus du comptoir. Le premier coin a déjà été placé, non sans peine, du côté droit (par elle, bien sûr, Clémence n'y est pour rien, faut pas rêver). Et, pour le deuxième, elle se demande si elle va finir par y arriver.

Encore un effort et, ouf… voilà, c'est fait. Elle vient

d'enfiler le deuxième bout de tissu, celui de gauche, dans le crochet prévu pour ça.

Alors, oui : elle est de travers, la pancarte. Mais, franchement, c'est le moindre de ses soucis. Si elle n'est pas contente, Clémence n'a qu'à se bouger et essayer de faire mieux. Bon courage !

Myrta bondit et se retrouve les deux pieds sur terre. Avec un petit sourire en coin, elle lance à son amie :

— Si tu veux t'y coller, pas de problème. Vas-y, ne te gêne pas, je te regarde.

En même temps, elle en profite pour regarder le résultat de son travail. Oups ! C'est vrai que c'est pas vraiment top... mais il faudra bien que ça fasse l'affaire parce qu'il n'est pas question qu'elle y passe une minute de plus.

Au-dessus d'elle, en bleu sur fond blanc se détachent fièrement les mots : « *Scottish pastries* »[2]. Enfin bon... « se détachent » n'est peut-être pas le mot exact, en l'occurrence. Comme le tissu fait quand même pas mal de plis, ce qu'on lit c'est plutôt « *Scottish patrie* ». Cela n'a pas trop de sens, bien sûr mais, après tout, quelle importance ? De toute façon, la plupart des gens ne feront même pas attention à la pancarte, vu qu'ils ne comprennent pas l'anglais. Ils se contenteront de regarder les gâteaux écossais exposés sur le comptoir, ceux que Myrta et Clémence, responsables du stand, vont essayer de leur vendre pendant la durée des jeux. Et justement, à propos de gâteaux...

— Au fait, Clémence, tu n'aurais pas aimé faire partie

2. « *Scottish pastries* » : « pâtisseries écossaises »

de l'équipe qui fait des gâteaux plutôt que d'aider à la déco et à la vente ?

— Tu plaisantes ! Rester enfermée dans une cuisine avec la chaleur qu'il fait ? Pas question ! Je préfère nettement aider à les vendre ou même à les manger. Tu vois, je suis prête à presque tous les sacrifices.

En disant ces mots, Clémence se décide à se lever de sa chaise et vient s'appuyer sur le comptoir à côté de Myrta. D'un air rêveur, elle ajoute :

— Je suis désolée, je vois bien que je n'ai pas été très utile ce matin ! C'est que je ne voudrais pas abîmer mon nouveau vernis à ongles et puis... je ne suis pas vraiment dans mon état normal. Mais tu ne dois pas m'en vouloir parce que, après tout, c'est un peu de ta faute.

De sa faute ? Myrta n'en croit pas ses oreilles. Qu'est-ce que son amie a encore bien pu inventer ? Justement Clémence reprend :

— Je n'arrête pas d'y penser. Tu n'aurais pas dû me le présenter, c'est un vrai géant ton Écossais ! Je n'aurais même pas cru qu'il était possible d'être grand à ce point-là !

Ah ! Clémence parle de Douglas, bien sûr. Et, d'un seul coup, Myrta comprend mieux son état d'esprit.

La veille, lorsqu'elle l'a vu elle-même pour la première fois, elle a cru que leur salon avait brutalement rétréci : tous les meubles semblaient trop petits à côté de lui et même son père, qui pourtant mesure un bon mètre soixante-quinze, avait soudain l'air chétif. Il faut dire que cela produisait un effet bizarre de découvrir que Douglas Cameron, le champion de lancer de pierres et leur invité pour la semaine, faisait, lui, près d'un mètre quatre-vingt-dix pour plus de cent kilos !

— Tu n'arrêtes pas d'y penser ? Ça veut dire quoi exactement, ça ? Parce que je te signale que de toute façon, géant ou pas, il est beaucoup trop vieux pour toi : il a au moins trente ans, je crois.

— Hmm, c'est vrai, tu as raison. Mais, depuis que je l'ai vu, je me rends compte d'une chose terrible : moi qui ai toujours détesté faire du sport, je découvre aujourd'hui que mon idéal masculin, c'est un sportif ! C'est terrible, ça, tu ne trouves pas ?

Myrta se met à rire et, donnant une tape sur l'épaule de Clémence, la console à sa façon :

— Mais non, c'est pas si terrible ! Ça veut juste dire qu'il va falloir que tu te mettes à apprécier un peu plus les cours du Brigand... D'ailleurs, tu sais, mon père m'a dit que Douglas est prof de sport lui aussi, en Écosse.

— Un prof de sport ? Ah ! Le Brigand est sympa mais... Si on avait un prof de sport comme ton Écossais, c'est sûr que je n'essaierais pas de me faire dispenser aussi souvent !

— Bah ! Arrête de l'appeler comme ça. Je te signale que ce n'est pas « mon » Écossais, c'est juste l'invité de mes parents et c'est déjà assez difficile à gérer.

— Ah bon ? Et pourquoi ça ? Il a l'air sympa pourtant... Remarque, c'est vrai qu'il parle anglais. Hier, quand tu me l'as présenté je n'ai absolument rien compris à ce qu'il m'a dit.

— Eh bien tu vois, il faudrait que tu travailles plus en cours de sport mais aussi en cours d'anglais, si tu veux avoir ta chance avec les champions des *Highland Games*. Mais, non, ce n'est pas son anglais qui pose problème, Papa et Maman se débrouillent très bien en anglais, et il est en effet très sympa. Non, ce qui posait problème hier, c'était sa taille : on a dû mettre un lit d'appoint au bout du lit de la chambre d'amis pour le rallonger, sinon je crois qu'il n'aurait pas tenu dedans ! Tu aurais dû voir Maman : tant qu'elle n'avait pas trouvé la solution elle était toute retournée à l'idée que son invité aurait les pieds qui traînaient par terre !

Clémence éclate de rire et toutes les deux s'amusent en imaginant la scène. Puis Clémence désigne du doigt la banderole qui pend un peu de travers :

— À force de la regarder, ta banderole, et de penser aux gâteaux écossais, j'avoue que j'ai un petit creux. Tu ne crois pas qu'on pourrait aller manger, maintenant ?

Comme, grâce aux efforts de Myrta, elles en ont fini avec les fameuses banderoles et que les stands qu'elles avaient à préparer sont tous prêts, c'est oui : elles peuvent enfin s'en aller. Alors elles rangent leurs affaires et vont toutes les deux rejoindre le reste du groupe pour le repas des bénévoles qui doit être servi à midi à la salle des fêtes.

Pendant qu'elles traversent ensemble l'esplanade du château, là où les jeux auront lieu à la fin de la semaine, elles voient plein d'autres petits groupes se diriger, comme elles, vers l'ancien pont-levis.

Finalement, Myrta est soulagée et de bonne humeur. Elle s'inquiétait un peu à l'idée de cette préparation des *Highland Games* : elle pensait que ce serait un peu bizarre de se retrouver seuls à Beaugenval, là où ils ne connaissent presque personne, elle et ses quatre amis.

Mais non, depuis l'affaire des sirènes[3], et le pique-nique organisé par Myrta et ses amis à la fin de l'année scolaire au bord du lac de Hauterive (un retentissant succès : tout le collège était là, profs compris !), il s'est passé quelque chose d'étrange. Tout le monde se croit obligé de la suivre. Et il a suffi qu'elle se propose comme bénévole à la mairie de Beaugenval pour que tous les jeunes de Fontebelle se prennent soudain de passion pour la fête écossaise qui a lieu tous les ans dans la ville d'à-côté. Il y a même eu un article dans le journal ! Le journaliste, sans doute contaminé par le caractère guerrier des *Highland Games*, n'a pas hésité à titrer sur quatre colonnes :

« Fin d'une rivalité vieille de plusieurs siècles : la jeunesse de Fontebelle vient pactiser avec celle de Beaugenval. »

En-dessous, des photos des maires des deux villes, trop contents d'être interviewés mais trop gênés aussi parce qu'ils ne savaient pas quoi dire (cette histoire de rivalité,

3. Voir Myrta, tome 1 : Les Sirènes kleptomanes.

c'est juste dans la tête du journaliste, il faut l'avouer). Et, à côté, des photos des *Highland Games* de l'an dernier : des défilés de joueurs de cornemuse et des athlètes en kilt jetant des troncs d'un air farouche et inspiré.

Enfin bref, tous les ingrédients étaient réunis pour intriguer le lecteur et, bien sûr, tout le monde a lu l'article. Le maire de Beaugenval est ravi à l'idée que sa fête va avoir encore plus de succès que d'habitude. Le maire de Fontebelle, lui, est vert de jalousie car il n'y a aucune fête importante dans sa ville et il ne peut pas rivaliser ! Alors il doit cacher son énervement et manifeste un enthousiasme hypocrite pour la fête des voisins.

Myrta, elle, trouve tout ça un peu surréaliste mais, au bout du compte, très agréable.

— Oh ! Tu as vu là-bas, c'est Mara et Lucie ! On va les rejoindre ?

Elles sont arrivées près de l'arche de pierre qui marque la sortie de l'esplanade du château et Clémence désigne l'un des petits groupes qui se dirigent vers le centre-ville.

Myrta ouvre la bouche pour accepter mais elle éprouve soudain un sentiment étrange et se retourne pour regarder en arrière, en direction des stands. Elle ne sait pas pourquoi mais elle a l'impression que quelqu'un l'appelle et voudrait lui parler.

Zombinina ! Ce n'est qu'à elle que peut appartenir la silhouette mince et pâle qu'elle aperçoit maintenant au loin, au niveau du stand qu'elles ont décoré tout à l'heure. Qu'est-ce que son amie fantôme peut bien lui vouloir ?

— Tu regardes quoi là ? Tu admires ta banderole, vue de loin ?

C'est sûr, Clémence se moque d'elle, mais Myrta n'hésite pas : elle commence à savoir cacher aux autres qu'elle voit des fantômes et qu'elle peut leur parler. Cette fois, pas question d'alerter Clémence, surtout que c'est la plus curieuse de la bande et il ne faudrait pas grand-chose pour éveiller ses soupçons.

— Oh ! Je viens de me rendre compte... J'ai oublié un truc au dernier stand. Il faut que j'aille le récupérer. Ça ne t'ennuie pas de continuer sans moi ?

Bien sûr, c'est gênant de devoir mentir comme ça mais... pas moyen de faire autrement, n'est-ce-pas ?

— Ah oui ? demande Clémence d'un air méfiant. Et c'est quoi, ce « truc » si important, si c'est pas indiscret ?

— Mes ciseaux, improvise Myrta. En plus ceux-là, c'est des ciseaux qui coupent et j'y tiens vraiment. Je ne voudrais pas les perdre, ce serait idiot. Si tu veux, continue et on se retrouve à la salle des fêtes, ok ?

Clémence hausse les épaules, à moitié convaincue. Mais elle a sans doute pris l'habitude de voir Myrta se comporter bizarrement, ces derniers temps, alors elle la laisse faire à son idée et s'éloigne pour rejoindre les autres.

En soupirant, Myrta rebrousse chemin. Dans ce sens, le chemin grimpe et c'est un peu plus fatigant, du coup elle traîne un peu. C'est tout de même étrange. Hier à peine, elle a demandé à Zombinina de se faire aussi discrète que possible. Alors, si elle est venue la voir, c'est sans doute pour une bonne raison.

Dans le tournant, les grands arbres dissimulent l'esplanade à sa vue mais, au bout de quelques instants, elle est enfin assez près pour distinguer nettement les stands. Et pour voir… que Zombinina paraît différente de ce qu'elle est d'habitude. Elle est là, en train de s'affairer à faire Dieu sait quoi derrière le comptoir. Penchée, elle semble chercher quelque chose. Peut-être Griffou ? Car c'est vrai que Griffou n'est visible nulle part.

Et c'est ce détail, qui n'en est pas un (Griffou ? Un détail ? S'il entendait ça il le prendrait très mal, sans aucun doute), qui alerte Myrta.

Alors, brusquement, elle s'arrête.

— Qui êtes-vous ?

Si ce n'est pas Zombinina, qui est cette femme à la silhouette presque translucide qui lui tourne le dos et semble ignorer sa présence ? Mais, sans s'en rendre compte, Myrta a presque crié et la femme se retourne.

Sauf que ce n'est pas une femme.

Lorsqu'elle voit l'expression hostile de la Dame Blanche qui se dresse devant elle, entourée de voiles transparents qui flottent au vent et armée d'une paire de ciseaux que la jeune fille reconnaît (forcément, ce sont les siens), tout change. Cette fois, Myrta crie vraiment, de toutes ses forces, et, même lorsqu'elle voit le fantôme disparaître comme de la brume glaciale devant elle, elle n'arrive plus à s'arrêter.

Chapitre 3

Des jeux dangereux

— Non, ça va. Je t'assure, ça va. C'est passé.

— Tu es sûre ? Bon, en tout cas, tu n'as plus à avoir peur. Je suis là, ne t'en fais pas.

Devant Myrta, c'est maintenant Rapha qui se tient. Une présence bien réelle, rassurante. Si elle s'écoutait, elle s'appuierait contre lui et... Justement, il l'emmène vers l'un des bancs et ils s'assoient tous les deux puis il passe son bras autour de ses épaules.

— Qu'est-ce qui t'est arrivé ?

Bonne question. Elle aimerait bien savoir y répondre. Elle a vu un... C'est bien ça le problème, elle ne sait pas quoi exactement. Un spectre, un fantôme... un truc super effrayant en tout cas. Un truc qui la menaçait avec ses propres ciseaux.

— Un serpent. J'ai vu un serpent.

Avec toutes les pierres qu'il y a par ici, cela n'aurait rien d'étonnant qu'il y ait des serpents, non ? Alors Myrta improvise. Elle s'en veut. Elle s'en veut même beaucoup parce qu'elle n'aimerait vraiment pas avoir de secrets pour Rapha. Mais c'est comme si raconter des mensonges était devenu une seconde nature chez elle depuis qu'elle fréquente fantômes et êtres surnaturels en tous genres.

— Vraiment ? Il était comment ce serpent ? Gros, petit ?

— Plutôt gros, je crois. Mais je ne suis pas sûre, il a disparu tout de suite.

Voilà au moins un bout de vérité. Quoi que ce soit, la chose a disparu très vite. Et Myrta espère qu'elle ne réapparaîtra pas de sitôt.

— Alors, s'il était gros, c'était sans doute une couleuvre. Ce n'est pas dangereux. Avec la chaleur, elles doivent sortir, j'imagine... Mais je ne pense pas qu'elle revienne : si on fait du bruit, en général les couleuvres préfèrent se tenir à l'écart.

Myrta a cessé de trembler. Elle regarde Rapha et ébauche un sourire. Tout à l'heure il a surgi devant elle au moment où elle était en pleine panique. Mais cette apparition-là n'avait heureusement rien de magique. Solide, chaleureuse, rassurante... ça oui.

— Au fait, comment se fait-il que tu aies été là ?

— Eh bien, je venais simplement voir si je pouvais vous aider. On m'avait dit que je pourrais vous trouver ici, toi et Clémence, mais, apparemment, je suis arrivé trop tard, vous avez déjà terminé.

Myrta esquisse un sourire.

— Oui, on a fini tout à l'heure et, si tu veux tout savoir,

on a pensé à toi et tu nous as manqué ! Clémence est déjà partie rejoindre les autres. On pourrait y aller, nous aussi ?

Rapha acquiesce silencieusement et tous deux prennent la direction de la sortie du château, pour rejoindre la salle des fêtes.

Quelques instants plus tard, Rapha ne peut pas s'empêcher de poser une question, l'air de rien, tout en marchant.

— Alors comme ça... je t'ai manqué ?

Myrta se tourne vers lui en souriant malicieusement.

— Ah oui alors ! Si tu avais été là tu aurais pu nous aider à mettre en place les banderoles, toi tu n'aurais pas eu de mal à le faire !

Rapha n'est pas un champion des *Highland Games*, lui, mais il mesure tout de même plus d'un mètre quatre-vingts et il est clair qu'il lui aurait été facile d'accrocher les bandes de tissu en hauteur. Certainement plus facile que pour Myrta, qui arrive à peine à un mètre soixante... quand elle se met sur la pointe des pieds. Il hausse quand même les épaules, et répond poliment :

— Bah ! J'ai vu que vous vous en étiez très bien tirées toutes seules. Les banderoles sont toutes bien accrochées, vous avez fait du bon travail.

Flatteur ! pense Myrta, mais, comme les flatteries ne déplaisent à personne, elle ne dit rien.

— Par contre..., ajoute le garçon d'un ton hésitant. Je me demandais...

— Oui ? dit Myrta pour l'encourager.

— Je me demandais pourquoi vous aviez écrit quelque chose à propos de la patrie écossaise... mais je n'ai peut-être pas très bien compris.

La patrie écossaise ? Myrta ne voit pas du tout de quoi son ami veut parler et elle le regarde d'un air perplexe.

— Je veux parler de la banderole où il y a l'inscription « *Scottish patrie* ». Je sais que les Écossais sont très attachés à leur pays mais je ne vois pas très bien le rapport entre la patrie et votre stand de gâteaux...

Argh ! Il fallait bien que ça arrive, ça... Maudite banderole, elle n'a pas fini de l'embêter ! Du coup, Myrta est obligée d'expliquer qu'en fait, ce qui est écrit c'est « *Scottish pastries* » et qu'il s'agit de pâtisseries et non de patrie, bien sûr... c'est juste que la banderole n'est pas lisible parce qu'elle est mal accrochée.

— Oups ! Désolé, je n'avais pas fait attention ! Mais si tu veux, je pourrai revenir ici avec toi demain matin et on arrangera tout ça ensemble ?

Ah ! D'un seul coup Myrta sent comme si un poids lui était ôté de la poitrine. La perspective de revenir avec Rapha rend tout de suite beaucoup moins désagréable l'idée de retourner au stand pour travailler, au risque de se retrouver confrontée à des apparitions peu sympathiques. Puisque Rapha sera là, cela ne la gêne pas de devoir revenir le lendemain à l'endroit où elle a vu le fantôme la menacer. Au contraire, elle pourra peut-être mieux comprendre ce qui s'est passé. Alors elle accepte l'offre joyeusement et c'est en plaisantant et en bavardant tout le long du chemin qu'ils se rendent sur la place de l'Octroi où il y a la salle des fêtes, dans l'une des maisons à colombages qui se trouvent là.

Une fois la porte franchie, il suffit de descendre quelques marches et, d'un seul coup, ils se trouvent plongés dans la fraîcheur agréable d'une salle au plafond couvert de poutres de bois sombre et pavée de vieilles dalles rouges.

Ils se trouvent aussi plongés dans le brouhaha formé par toutes les conversations différentes. La plupart des participants sont déjà assis autour des longues tables où les plats sont servis, mais d'autres s'attardent, formant des petits groupes bruyants animés d'éclats de rire. Quand Myrta et Rapha entrent à leur tour, la plupart se tournent vers eux et les saluent : ce sont, au moins pour moitié, les élèves du collège de Fontebelle et ils les connaissent presque tous. Parmi eux, il y a Mara et Lucie, qui étaient avec Clémence tout à l'heure. Quant à l'autre moitié, ce sont les jeunes volontaires de Beaugenval. Eux regardent Myrta et Rapha avec curiosité, comme s'ils en avaient entendu parler mais attendaient de se faire une idée par eux-mêmes à leur sujet.

Heureusement, Rapha repère assez vite une table d'où on leur adresse de grands gestes : ce sont leurs amis qui sont déjà installés et, échangeant quelques plaisanteries au passage avec ceux qu'ils croisent, ils réussissent à se frayer rapidement un chemin vers Clémence, Laura et Lucas.

— Ah ! C'est sympa de nous avoir gardé une place. Ça s'est bien passé pour vous, ce matin ?

Clémence est celle qui répond la première à la question de Rapha.

— Oh oui ! Ça s'est super bien passé. On a fait de la déco, tout ça... Ce matin c'était parfait. Par contre le problème, c'est maintenant. Vous les voyez, vous, les athlètes écossais ? Je pensais qu'ils allaient manger avec nous !

Pendant que Laura et Myrta regardent autour d'elles pour voir si elles repèrent les fameux athlètes, Lucas répond :

— Ben non. Ils ne sont pas là. On les a vus ce matin, pendant qu'on aidait à apporter le matériel sportif, mais ils sont partis en fin de matinée. Les gens du club leur ont organisé une visite des environs et ils vont au restaurant je ne sais plus où.

De toute évidence, Clémence n'est pas satisfaite par cette réponse.

— Eh bien j'avoue que je suis carrément déçue ! J'espérais qu'on aurait au moins l'occasion de les voir et de discuter un peu avec eux !

Rapha hausse les épaules :

— Bah ! Moi je préfère qu'on reste entre nous. Déjà qu'on n'est pas ensemble dans la matinée, c'est bien de se retrouver ici. Et puis je ne sais pas trop ce qu'on pourrait leur dire… d'ailleurs, entre eux, ils ne parlent qu'en anglais.

— Justement, j'ai décidé de me mettre sérieusement à l'anglais. Et aussi au sport, d'ailleurs !

L'affirmation de Clémence provoque la stupeur de tous les autres, sauf de Myrta, qui éclate de rire et explique que, depuis l'arrivée des champions écossais, Clémence n'est plus la même.

— Ce ne sont pas tous des Écossais, précise Lucas. Il y a de tout : des Irlandais, des Américains, des Hollandais. D'ailleurs il y a aussi une équipe de Français.

— Des Français ? s'étonne Laura. Je ne pensais pas que c'était possible, ça.

— Et pourquoi pas ? Il paraît même qu'ici ils vont créer une équipe de jeunes, à la rentrée. Ils cherchent des volontaires pour s'inscrire… Ils vont même commencer les entraînements dès cet après-midi pour mieux montrer ce que sont les jeux de force écossais.

Le ton de Lucas fait que les trois filles se tournent vers lui.

— Ne me dis pas que tu es intéressé ! Si ?

Avant de répondre à Myrta, Lucas se tourne vers Rapha. Tous deux échangent un regard qui n'est pas difficile à interpréter. Ça veut dire « On leur dit ou on leur dit pas ? ».

Laura les tire d'embarras en concluant à leur place.

— Bon, c'est clair, Lucas et Rapha ont décidé de se convertir en lanceurs de troncs dès l'année prochaine. Je me trompe ?

— Pour les troncs on attendra peut-être un peu, répond Rapha. Je pense qu'on commencera plutôt par le lancer de poids ou de marteau. Rien d'extraordinaire, tu sais.

— Et vous porterez des kilts ? Parce que si vous avez des kilts, moi je veux bien faire la pom-pom girl !

La déclaration de Clémence – dont on ne sait pas vraiment si elle plaisante ou si elle est sérieuse – suscite le fou-rire général. Et, comme les responsables du repas viennent juste à ce moment-là de poser sur leur table des plats remplis d'une nourriture qui leur semble à tous très appétissante, ils abandonnent le sujet pour ne se soucier que de remplir leurs assiettes.

— Au fait, tu sais, ils me plaisent bien tes ciseaux ! Tu me les prêtes ?

Myrta regarde Clémence sans comprendre. Son amie vient de lui chuchoter ces quelques mots qui la prennent au dépourvu. Mais qu'est-ce qu'elle raconte ? Apparemment, elle est ravie de sa plaisanterie car elle sourit d'un petit air moqueur.

Comme Myrta ne trouve rien à répondre, Clémence sourit de plus belle et désigne Rapha du menton.

— Tu m'avais bien dit que tu retournais au stand chercher tes ciseaux, non ? Eh bien, je vois que tu les as trouvés !

Bon, d'accord, Clémence peut se moquer car Myrta

serait bien en peine de lui montrer la fameuse paire de ciseaux. Elle ne peut rien répondre et se contente de rougir, ce qui fait s'agrandir encore le sourire de Clémence. Hmm. Si Clémence savait ce qui s'est passé réellement avec ces ciseaux, elle ne trouverait certainement pas cela aussi drôle ! Mais Myrta est obligée de garder pour elle ce qu'elle sait.

— ... Mais c'est drôlement dangereux, ça, l'un de vous aurait pu glisser et se casser quelque chose, si tu ne l'avais pas remarqué !

Lucas vient de hausser la voix et les deux amies abandonnent leur aparté pour essayer de comprendre de quoi il retourne. Comme il s'adressait à Laura, tous les regards se tournent vers cette dernière.

Laura a passé la matinée avec son groupe de danses irlandaises. D'après elle, Irlandais et Écossais partagent beaucoup de traditions, en particulier en matière de musique. Ce qui explique pourquoi son groupe a parfaitement sa place à Beaugenval pendant les *Highland Games*.

Myrta la regarde et remarque qu'elle n'a pas l'expression joyeuse et insouciante qu'elle arbore d'habitude. Au contraire, elle semble plus pâle que la normale. Et quand elle reprend la parole, on sent bien qu'il ne s'agit pas du tout pour elle de plaisanter : elle le fait d'un ton grave et inquiet.

— ... Le pire, c'est qu'apparemment ça a été fait exprès, de façon systématique, comme si quelqu'un avait réellement voulu provoquer un accident.

Elle se tourne vers Myrta et semble lui demander son avis.

Comme Myrta n'a pas du tout écouté, ni compris de quoi il s'agissait, elle admet volontiers qu'elle a décroché.

— Désolée. J'étais distraite et je n'ai pas bien suivi. Tu as vraiment failli avoir un accident ? demande-t-elle.

— Pas moi spécialement, répond Laura. Ça aurait pu être n'importe lequel des danseurs du groupe. Ce matin, quand on est arrivés pour les répétitions, on a vu que la scène avait été entièrement savonnée.

Ah oui ? À vrai dire, Myrta ne voit pas vraiment où est le problème.

— Hmm... C'étaient peut-être les femmes de ménage, non ? Elles ont pu avoir envie de nettoyer le sol avant votre arrivée ?

— En fait, non ! Elles savent qu'elles ne doivent pas faire ça, elles ont été prévenues, et d'ailleurs on a vérifié : elles nous ont dit que ce n'était pas elles.

— Ah bon... Oui, c'est bizarre mais... en fait, c'est quoi le problème ? demande Myrta qui ne voit toujours pas pourquoi laver le sol peut être si gênant.

— Et bien c'est très simple, répond Lucas à la place de Laura. La scène où les danseurs du groupe folklorique doivent s'exercer est en bois. Et il est très dangereux de danser sur un plancher qui a été mouillé car il devient glissant et, si le plancher est encore plein de savon, c'est encore pire, naturellement.

— Oh ! Alors... si j'ai bien compris, il n'est pas

impossible que quelqu'un ait fait ça exprès, c'est ça ?

— Oui, c'est ça, reprend Laura. D'autant plus qu'on voyait bien que ce n'était pas un hasard, quelqu'un qui aurait renversé de l'eau par accident. Non, toute la scène était mouillée à l'eau savonneuse uniformément, d'un bout à l'autre. Ce qui fait qu'on aurait pu ne pas s'en rendre compte tout de suite. Je ne sais pas comment j'ai compris qu'il y avait un problème… la couleur, peut-être… ou l'odeur… ou bien une intuition.

— Et heureusement, reprend Rapha, car les danses folkloriques, c'est vraiment très sportif et si vous aviez commencé vous auriez pu vous faire vraiment mal.

— Mais quand même, un sabotage… Je me demande si c'est vraisemblable, dit Clémence. À part le maire de Fontebelle, qui est horriblement jaloux de Beaugenval, je ne vois pas qui pourrait avoir une pareille idée. Et, bon… vous l'imaginez, vous, en pleine nuit, à genoux en train de savonner la scène ?

L'image est ridicule et fait rire tout le monde mais, après un instant, Rapha reprend sur le même sujet.

— Ce n'est peut-être pas très crédible mais je me demande quand même s'il n'y a pas vraiment quelqu'un qui essaye de saboter les jeux. Parce qu'il y a aussi l'histoire de la boule de pierre.

L'histoire de la boule de pierre ? C'est quoi encore, ça ? Mystère et boule de gomme ! Personne, à part Rapha et Lucas, ne semble au courant.

Lucas explique de quoi il s'agit.

— C'est une pierre spéciale, la pierre de granit que les joueurs doivent lancer. Ici, il y en a une et une seule, qui a été faite précisément pour les jeux de Beaugenval, et si elle disparaissait ce serait vraiment catastrophique, vous pouvez l'imaginer.

— Et alors, elle a disparu ? demande Myrta.

— Non. Enfin bon, pas vraiment. Ce matin, on a voulu vérifier qu'elle était bien à sa place, dans la réserve, mais elle n'y était plus. Ça a été un vrai branle-bas de combat ! Tout le monde a commencé à fouiller partout pour la retrouver. Une vraie pagaille, pas vrai ?

En disant ces mots, Lucas se tourne vers Rapha qui confirme et complète le récit.

— Au bout du compte, on l'a retrouvée au milieu du terrain de compétition. Sur la piste qui a été aménagée pour le lancer de pierre, justement. Ça donnait l'impression que quelqu'un s'était amusé à l'utiliser pour jouer.

— Et alors, c'était peut-être le cas, non ? demande Clémence.

— Hmm... C'est quand même une pierre de dix kilos, tu sais, répond Rapha. Et tout le monde est au courant : il ne faut pas y toucher. Alors, si on ajoute ça au fait que le plancher des danseurs a été savonné, ça paraît étrange quand même.

Comme il a raison, cela jette un froid sur leur petit groupe. Ils se taisent et essaient de réfléchir à cette situation qui a de quoi les inquiéter. Mais il est difficile de réfléchir au milieu de l'épouvantable vacarme que font une centaine de jeunes réunis dans une salle pour manger.

Surtout lorsque, comme c'est le cas pour Myrta, l'image d'un fantôme brandissant une paire de ciseaux revient vous hanter.

MODOTOP
MODOTOP

Chapitre 4

Fantômes et Revenants

— Tu es sûre que tu ne veux pas venir avec nous ?

Clémence a décidé de profiter de l'après-midi pour faire du shopping à Beaugenval. Il paraît qu'ils ont reçu plein de nouveaux vêtements à Mod'Otop, à des prix d'enfer. Enfin bon, c'est Mara et Lucie qui lui ont dit ça, et elle a accepté de les y accompagner.

— Non, merci, répond Myrta. Mon père vient me chercher dans dix minutes et, d'ailleurs, je n'ai pas décidé de refaire ma garde-robe, moi.

— Tu devrais peut-être, tu sais ! Si on veut attirer l'attention des beaux Écossais, il faut bien faire un petit effort et, comme pour les progrès en anglais et en sport c'est un peu tard, il ne nous reste plus que ça à faire : améliorer notre look ! D'ailleurs, à propos, je te remercie pour le lien que tu as mis ce matin sur Facebook, il est super et j'ai mis « j'aime » tout de suite, quand je l'ai vu tout à l'heure.

Myrta regarde Clémence sans comprendre. De quel lien parle-t-elle ? Mais comme Clémence est un vrai tourbillon, elle est déjà en train de parler d'autre chose.

— Bon. Eh bien il faut que je file, hein ? Mara me fait signe ! Je t'appellerai à mon retour, ce soir, ok ? Je te raconterai tout, c'est promis !

Elle fait deux bises à Myrta qui n'a même pas le temps de réagir ni de lui poser de question.

Myrta hausse les épaules en regardant Clémence s'éloigner. Un lien sur Facebook ? Ce matin ? C'est sans doute Laura qui en a mis un et Clémence a dû confondre. Car Myrta va rarement sur sa page ces jours-ci et cela fait une éternité (au moins trois jours) qu'elle n'a rien ajouté dessus.

À ce moment-là retentit un coup de klaxon. Myrta se tourne et voit son père, au volant de son 4x4, qui lui fait de grands gestes. C'est super : elle doit passer l'après-midi avec lui, à l'aérodrome, et il lui a promis de lui faire faire un tour en ULM pour la récompenser des résultats qu'elle a obtenu au collège cette année. Il n'aurait pas pu trouver meilleur cadeau car Myrta adore voler en ULM et voir les lieux qui lui sont familiers devenir tout petits alors qu'elle les voit de loin, de très haut dans le ciel.

—Tiens, salut ! Je croyais que tu ne devais rentrer que ce soir ?

En disant ces mots, Zombinina a l'air un peu coupable. Quand Myrta est entrée dans sa chambre, elle a surpris son amie fantôme. Absorbée par ce qu'elle lisait sur l'ordinateur, Zombinina a sursauté mais s'est très vite reprise. Maintenant elle regarde Myrta d'un air innocent tout en attendant sa réponse.

— Bah ! Ne m'en parle pas, je suis déjà assez énervée comme ça...

En disant ces mots, Myrta, qui vient de jeter son sac dans un coin, se laisse tomber dans son fauteuil préféré. Griffou vient en miaulant s'installer dans ses bras et, peu à peu, la jeune fille retrouve assez de sérénité pour raconter à Zombinina ce qui la met de si mauvaise humeur.

— Finalement, Papa m'a ramenée directement à la maison. Il ne pouvait plus m'emmener faire un tour, comme promis, car l'un de ses gros clients avait besoin de lui tout l'après-midi. Alors il a reporté à demain la balade en ULM.

Zombinina regarde Myrta en fronçant les sourcils.

— C'est bizarre, il est plutôt sympa d'habitude, ton père, non ?

— Oh oui ! Il n'y est pour rien, lui. C'est juste la faute de son client qui l'a prévenu à la dernière minute. Évidemment, cet idiot n'avait pas pensé à prévenir Papa à l'avance : il y a des gens qui n'imaginent pas une seule seconde qu'on puisse avoir autre chose à faire que de se tenir à leur disposition.

— Hmm. Et c'est qui cet homme-là ?

— Je ne le connais pas. Un certain Monsieur Degallery qui va faire construire un hippodrome à Beaugenval, justement. D'ailleurs, à propos de Beaugenval, j'aurais mieux fait de rester avec Clémence comme elle me l'avait proposé !

— Merci ! Je vois que tu n'es pas spécialement contente de te retrouver avec Griffou et moi ! Dans ce cas tu aurais mieux fait d'aller faire les boutiques avec Clémence, c'est sûr.

Zombinina vient de répondre d'un air un peu vexé mais Myrta la regarde avec surprise.

— Attends. Comment sais-tu que Clémence est allée faire les boutiques ? Je ne te l'ai pas dit !

Avec un petit sourire, Zombinina montre l'ordinateur allumé.

— Facile. Elle vient de poster ça sur Facebook avec son téléphone !

Un coup d'œil à l'écran suffit alors à Myrta pour comprendre ce qui s'est passé. Apparemment, il n'a pas fallu plus d'une matinée à l'esprit-fantôme pour comprendre le fonctionnement des réseaux sociaux.

— Alors c'est toi qui as piraté mon compte Facebook pour mettre dessus des liens bizarres ?

Zombinina paraît surprise et prend le petit air innocent qui a le don d'énerver Myrta.

— Piraté ? Tout de suite les grands mots ! J'ai juste fait partager à tes amis des trucs intéressants que j'ai trouvés sur Internet. D'ailleurs tu devrais regarder, toi aussi : j'ai trouvé un site super cool sur la mode écossaise. Il paraît que ça va être la tendance, cet été, et que tous les grands couturiers s'y mettent !

Tout en disant ces mots, Zombinina clique sur des liens et ouvre des pages. Sous les yeux éberlués de Myrta apparaissent des photos plus étonnantes les unes que les autres montrant des mannequins à l'allure de vampires portant des vêtements aussi inattendus que des ponchos en tartan verdâtre ou de vaporeux voiles à carreaux façon kilt à l'orientale. Drôle de mix, il faut l'avouer.

Alors que Myrta, sidérée, ne trouve rien à dire, Zombinina lui demande avec espoir :

— Si tu veux, on pourrait aller ensemble faire les boutiques demain, toutes les deux ? J'aimerais bien changer mon look, moi aussi !

— Changer de look ? Mais quelle idée ! Tu es très bien comme tu es, tu sais ! D'ailleurs, je croyais que tu pouvais prendre l'apparence que tu voulais ?

Zombinina remue les pans de sa robe rose avec une légère moue d'ennui.

— Oui, c'est vrai. N'empêche, j'adore ça, faire les boutiques ! Tu te souviens quand on était allées toutes les deux acheter des chaussures *Lézardino* ? C'était drôlement bien !

Myrta sourit en se souvenant de l'aventure. C'est vrai que, faire du shopping avec Zombinina, c'était plutôt drôle. En fait, elle serait plutôt disposée à recommencer mais... avant tout il faut qu'elle prévienne Zombinina de ce qui lui est arrivé le matin même.

— On ne retournera peut-être pas acheter des *Lézardino*, c'était ruineux ! Mais je veux bien qu'on aille faire les boutiques ensemble. Par contre, je crois que pour l'instant on a un problème plus urgent à résoudre.

Et Myrta, tout en caressant Griffou qui ronronne pour la rassurer, parle à Zombinina de la Dame Blanche armée de ciseaux qui l'a terrorisée en faisant brusquement son apparition devant elle.

— Et tu te trouvais près du château à ce moment-là ? demande Zombinina lorsque Myrta a fini de raconter son aventure.

— Oui. En fait, j''étais même à l'intérieur de l'enceinte du château.

— Dans ce cas cela veut sans doute dire qu'il s'agit d'un château hanté ! C'est bizarre, d'habitude c'est connu, ces choses-là.

— Oh, oui, sans doute... C'est un château où il s'est produit un tas d'aventures et de batailles alors ce n'est pas vraiment étonnant qu'il soit hanté. J'ai déjà entendu raconter des histoires sur la Dame Blanche du château de Beaugenval et... je croyais que c'était juste des inventions pour touristes. Mais toi, tu ne le connais pas ce fantôme-là ?

— Mais non alors ! Je ne le connais absolument pas ! Et je n'ai d'ailleurs aucune envie de le connaître. C'est horriblement flippant, les revenants !

Myrta regarde Zombinina d'un air stupéfait et cette dernière en profite pour reprendre Griffou à son amie. Le chat vient se lover en miaulant dans les bras de la jeune fantôme, comme s'il comprenait que cette dernière avait besoin davantage que Myrta d'être rassurée.

Après quelques secondes d'un silence perplexe, Myrta reprend enfin.

— Alors là, ma vieille, j'avoue que j'ai du mal à te comprendre ! Comment peux-tu dire que les fantômes c'est flippant alors que, toi-même, tu es un fantôme ?

Zombinina hausse les épaules, un peu énervée.

— Mais non, ce n'est pas du tout pareil. Tu n'as rien compris ! Alors, bon, si tu veux, je t'explique.

Avec un sens certain de la mise en scène, elle s'installe majestueusement sur le lit, en étalant les pans de sa robe autour d'elle, pose Griffou sur ses genoux, soupire, puis déclare :

— Les fantômes, il ne faut pas croire qu'ils sont tous pareils. Il y a fantômes et fantômes. Les esprits-fantômes, comme Griffou et moi, ce n'est pas flippant du tout, au contraire. On est cools, on est sympas, on aide les gens... enfin bon, ceux qu'on aime bien, naturellement, pas tous quand même, hein ? Faudrait pas exagérer, non plus !

Zombinina semble avoir perdu un peu le fil de son discours, alors Myrta lui rappelle le vrai sujet de la conversation.

— Oui, d'accord. Ça j'avais bien compris. Mais alors, pourquoi le fantôme du château serait-il différent ?

— Mais ce n'est pas un esprit-fantôme, c'est un RE-VE-NANT. Ça n'a vraiment rien à voir !

Hmm... Rien à voir ? Myrta regarde Zombinina d'un air dubitatif. Elle se souvient vaguement que son amie lui a déjà expliqué la différence il y a quelque temps. Mais ces explications étaient très embrouillées et elle n'y avait pas compris grand-chose. Justement, Zombinina reprend :

— Eh bien, Griffou et moi nous sommes des esprits-fantômes, nous appartenons au monde des esprits depuis toujours. Mais les revenants, eux, ce sont les esprits de gens qui ont vécu autrefois. Des esprits qui n'ont pas voulu partir et qui restent là où ils ont des souvenirs du passé.

— Hmm... Alors c'est un genre de zombie, non ?

— Ah non, s'énerve Zombinina, je t'ai déjà dit mille fois que les zombies ça n'existait pas !

— D'accord, d'accord, dit Myrta en levant les mains et en riant. Je plaisantais, c'est tout ! Mais dis-moi, des revenants, tu en as déjà rencontré beaucoup ?

Zombinina hausse les épaules d'un air un peu gêné.

— En fait... non. Aucun. C'est vrai que j'ai peut-être des préjugés mais, la vérité c'est que... ils me font un peu peur !

Myrta est plutôt surprise mais elle comprend son amie. Maintenant qu'elle connaît Zombinina et Griffou, elle-même n'a plus du tout peur des fantômes. En fait, on a toujours peur de ce que l'on ne connaît pas !

Elle aimerait donc de ne plus avoir à aborder le sujet, mais, que se passera-t-il demain, lorsqu'elle retournera s'occuper du stand ? Rapha sera là, bien sûr, mais il ne pourra pas rester tout le temps. Et, d'ailleurs, l'apparition du fantôme... (Pardon, « du revenant ! », se corrige-t-elle mentalement) n'est pas la seule chose bizarre qui se soit produite au château aujourd'hui. Cela a peut-être quelque chose à voir avec son tout nouveau rôle de Clairvoyante ? Un seul moyen de le savoir : en parler à Griffou et Zombinina. Aussi entreprend-t-elle de raconter tout cela à ses amis.

Après un long silence qu'elle a passé à caresser Griffou de long en large (le pauvre, stoïquement, n'a même pas protesté, signe qu'il est, soit perturbé lui aussi, soit conscient du trouble qu'éprouve la jeune esprit-fantôme), Zombinina semble sortir de sa méditation. Elle secoue ses longs cheveux d'un air décidé et s'adresse à Myrta avec détermination.

— Bon. Si j'ai bien compris tout ce que tu m'as expliqué, ces histoires de savon et de pierre, il y a bien un ou plusieurs revenants à Beaugenval. Parce que, pour moi, c'est comme si c'était signé : tout ce qui semble a priori absurde, ce sont des trucs typiques de revenants !

— Je croyais pourtant que tu n'y connaissais rien en matière de revenants ? s'étonne Myrta.

— Ah mais non ! réplique Zombinina. Je n'en ai jamais vu aucun mais je connais le sujet sur le bout des doigts ! J'ai étudié le sujet, figure-toi, et j'en sais aussi long là-dessus que la plupart des esprits cultivés.

Hmm. Les esprits-fantômes ont-ils des bibliothèques ou même des écoles spéciales où apprendre les fondements scientifiques de leur propre monde ? La question que Myrta n'ose pas poser n'obtient pas de réponse car Zombinina enchaîne aussitôt.

— Donc, puisqu'il faut admettre qu'il y a des revenants au château, il faudra bien les affronter. En général, les revenants sont en colère à cause de quelque chose qui s'est passé à l'époque où ils étaient vivants et qu'ils n'ont pas apprécié. J'avoue que je ne suis pas très enthousiaste à l'idée d'en rencontrer mais, il faut bien un début à tout, n'est-ce-pas ? Alors c'est ok, on va s'y coller !

— Et ça veut dire quoi, en clair ? Tu vas venir avec moi à Beaugenval ?

— Eh oui ! On va venir tous les deux, Griffou et moi, te tenir compagnie ! Et, c'est le côté positif de cette histoire, tu ne pourras plus trouver de prétexte pour te débarrasser de nous. Au moins je vais pouvoir m'amuser un peu moi aussi et voir de près les athlètes écossais !

Myrta lève les yeux au ciel. Elle croit entendre Clémence. Dommage que ce ne soit pas Clémence, la Clairvoyante aux yeux vairons : c'est sûr, Zombinina et elle se seraient entendues comme larrons en foire !

Chapitre 5

Sabotage !

Jeudi matin

— Eh bien, je savais que ce qu'on avait fait n'était pas super top mais je ne pensais pas que c'était à ce point-là !

Myrta soupire et jette un coup d'œil de côté à son amie qui vient d'exprimer à haute voix ce qu'elle-même pensait. Au moins, Clémence est sympa de revendiquer sa part de responsabilité dans le désastre. Car, en effet, c'est bien d'un désastre qu'il s'agit : les banderoles, si péniblement installées la veille, se sont effondrées lamentablement. Les affiches se sont décollées et même, pour certaines, déchirées. On croirait qu'une tempête s'est abattue pendant la nuit sur les stands, s'acharnant à détruire tout ce qu'elles avaient fait.

Il va falloir tout reprendre à zéro.

Rapha et Lucas sont là, eux aussi, et ils semblent abasourdis par le spectacle. Peut-être parce qu'il se sent moins impliqué car il est le seul à ne pas avoir vu les stands terminés, Lucas est le premier à poser les bonnes questions.

— C'était dans cet état-là quand vous êtes parties, hier à midi ? Parce que sinon, soit il y a eu entre-temps une micro-tornade, soit des imbéciles sont venus s'amuser ici et ont tout saboté.

Clémence hausse les épaules et, sans hésiter, rend son verdict :

— Personnellement, je vote pour les imbéciles. Parce que des tornades, je ne sais pas pour vous mais, moi, je n'en ai jamais vu dans le coin.

Les regards se portent sur Myrta, qui se contente de hausser les épaules elle aussi, comme si elle n'avait aucune idée sur la question. Pourtant, intérieurement, elle bouillonne de colère. Dommage que le fantôme aux ciseaux ne soit pas là, car elle aimerait bien lui dire deux mots à celle-là ! Mais elle ne perd rien pour attendre...

— Bon. Imbéciles ou pas, on ne va pas se laisser abattre pour si peu, non ? Si on s'y met tout de suite, à nous quatre on aura fini avant midi. On y va ?

Rapha a raison, comme d'habitude, et cela leur fait plaisir d'être ensemble, même si Laura leur manque un peu. C'est bizarre, mais, en fait, il suffit qu'on soit avec ses amis pour se sentir capable de venir à bout de choses qui, sinon, paraîtraient horriblement compliquées.

Cette fois, il ne faut même pas attendre midi : peu après onze heures l'installation est presque terminée et on peut même dire qu'elle est parfaite. Les inscriptions des banderoles, qui ont été bien tendues, sont, cette fois, tout à fait lisibles. Rapha et Lucas ont travaillé avec énergie et, divine surprise, même Clémence s'est mise au travail sans rechigner.

— Mais… Qu'est-ce qui t'est arrivé ? Tu t'es blessée ?

Tous les regards suivent celui de Lucas. Il observe Clémence qui tend une affiche à bout de bras. Et il y a en effet quelque chose de bizarre : le bout de ses doigts semble étrangement taché de rouge.

— C'est vrai, ça, reprend Myrta. Fais attention, tu as dû te couper avec les affiches !

Une blessure ? Mais où ? C'est ce que, apparemment, se demande Clémence, vu son air surpris.

— De quoi parlez-vous ? Je n'ai rien du tout !

Comme tous ses amis fixent ses mains avec inquiétude, elle finit par comprendre de quoi il s'agit.

— Oh ! Ça ? Mais c'est juste mon nouveau vernis !

— Ton nouveau vernis ? Hmm. J'espère qu'il ne t'a pas coûté trop cher, dit Lucas avec ironie, parce qu'il n'a pas l'air d'être de très bonne qualité.

En effet, passé l'effet de surprise, ils peuvent constater que les ongles de Clémence sont recouverts d'un vernis rougeâtre qui, par endroits, a débordé et coulé. Des taches blanchâtres forment des traînées qui ajoutent à l'aspect peu élégant de l'ensemble.

— On dirait un vernis Halloween, déclare Rapha qui, d'un coup, croit comprendre de quoi il s'agit. Il n'est pas mal dans le genre… mais on n'est pas en octobre et ce n'est pas la saison.

Par solidarité féminine, Myrta préfère ne pas en rajouter. Mais elle se demande quelle mouche a piqué Clémence pour se mettre un truc pareil : même en solde et à prix bradé, elle ne conseillerait à personne de l'acheter !

— Bah ! Ce n'est rien, c'est juste une expérience. J'ai essayé de me faire des ongles style tartan. Pour les jeux écossais, précise-t-elle en voyant les visages stupéfaits de ses amis.

— « Tartan »... comme « tarte à la confiture de fraises » ? demande malicieusement Lucas.

— Mais non, idiot ! Tartan comme le tissu qui sert à faire les kilts ! Tu sais, les tissus à carreaux... J'ai vu un tuto sur Internet qui expliquait comment faire. Le seul problème c'est que je n'ai pas attendu assez longtemps avant de passer la deuxième couche de vernis et ça s'est tout mélangé.

— C'est pas grave mais tu aurais peut-être dû l'enlever, non ? suggère Myrta.

— Oui... Euh... J'y ai pensé, figure-toi. Mais, hier, j'ai acheté tout un tas de vernis pour faire des essais. Le seul problème c'est que j'ai oublié d'acheter du dissolvant et il ne m'en restait plus.

— Bon. Dans ce cas ça tombe bien qu'on ait juste fini les stands. Il n'est pas encore midi et, si tu veux, tu as le temps d'aller t'acheter le truc dont tu as besoin.

Libres ! Rapha vient de leur rappeler de cette façon que, cette fois, la corvée est bien finie. S'il s'agissait pour chacun de repartir seul de son côté, ce ne serait pas drôle. Mais là, c'est bientôt l'heure du repas et ils vont pouvoir tranquillement bavarder et s'amuser en se rendant en ville, tous les quatre ensemble.

— C'était sympa de venir nous aider, ce matin.

Avant de répondre, Rapha se tourne vers Myrta qui marche à côté de lui sur le chemin qui traverse l'esplanade du château. Devant eux, un peu plus loin, Clémence et Lucas ont pris un peu d'avance sur eux et marchent en bavardant.

— Bah. C'est normal. Je te l'avais promis hier, après cette histoire de serpent. Au fait, on ne l'a pas revu, celui-là.

— Ah, non. Finalement, il a dû avoir plus peur que moi. C'est presque dommage, d'ailleurs, il aurait peut-être pu effrayer les vandales qui ont tout cassé cette nuit.

L'allusion au sabotage fait oublier un instant à Rapha sa bonne humeur.

— J'espère qu'ils ne reviendront pas. Cet après-midi, Lucas et moi nous allons à l'entraînement avec des joueurs professionnels qui participent aux jeux de cette année. Il y aura des responsables et je leur parlerai de ce qui s'est passé. On ne sait jamais, ça pourrait être grave ces histoires de vandalisme, si ça continue comme ça.

— Tu as raison. Mais, sinon, c'est vrai, alors, ce que vous nous avez dit hier, Lucas et toi : vous allez sérieusement faire partie d'une équipe de jeux de force écossais ?

— Oui, c'est sérieux. C'est cool de faire partie d'une équipe qui se forme et, en plus, ces jeux-là, c'est intéressant pour le sport mais aussi parce que ça permet de rencontrer un tas de gens qui viennent de pays différents. Et puis, je trouve que les champions qu'on voit ici sont drôlement sympas. Par exemple ceux qui vont venir cet après-midi pour nous entraîner.

— Il y aura peut-être Douglas ? C'est l'Écossais qui habite chez nous. Je n'ai pas eu l'occasion de beaucoup lui parler mais il a l'air cool.

— Moi aussi, pour l'instant je l'ai vu de loin et c'est tout. Mais je te raconterai comment ça s'est passé, demain. Et toi, qu'est-ce que tu vas faire, cet après-midi ?

Bonne question ! Myrta sait bien ce qu'elle devrait absolument faire, dans l'après-midi... Même si elle n'en a aucune envie ! Mais il n'est pas question de dire la vérité à Rapha sur ses projets de rencontre avec des revenants.

— Je pense que j'irai peut-être faire du shopping avec Clémence.

Finalement, elle aurait peut-être mieux fait de parler des revenants ! C'est en tout cas l'idée qui lui traverse l'esprit lorsqu'elle voit que Rapha se tourne vers elle d'un air horrifié.

— Non, ne me dis pas que toi aussi tu vas t'acheter cet horrible vernis !

Puis, sans transition, il éclate d'un rire contagieux et elle non plus ne peut plus retenir son fou-rire.

Chapitre 6

Dans les ruines

— Alors, finalement on va faire du shopping avec Clémence ?

Myrta fait un bruit d'enfer en laissant brutalement tomber sa vaisselle dans le chariot. Le repas vient juste de se terminer dans le réfectoire et c'est là, au moment où chacun rapporte son plateau, que Zombinina apparaît brusquement à côté d'elle.

— Mais fais attention ! J'ai failli tout faire tomber !

— Oh, désolée ! répond Clémence qui croit que Myrta s'adresse à elle. Il y a tellement de monde que c'est presque inévitable de se pousser.

— Euh... Ce n'est rien. C'est juste moi qui suis un peu maladroite.

Myrta répond à Clémence tout en jetant un coup d'œil furibond à Zombinina qui n'a pas l'air de voir le problème : c'est pourtant évident qu'on ne peut pas surgir comme ça à côté des gens sans prévenir, non ?

— Pfff. De toute façon il fallait bien que tu le poses, ton

plateau, tu n'as pas besoin de t'énerver pour ça ! souffle l'esprit-fantôme à Myrta.

Mais la jeune fille se garde bien de lui répondre et préfère s'adresser à Clémence :

— Au fait, dis-moi, tu vas faire des courses, là, maintenant ?

Laura, qui, pour une fois, n'a pas de répétition l'après-midi, répond à la place de son amie.

— Oui ! Et cette fois, je vais avec elle. Tu peux venir, toi aussi ? Ce serait bien si on pouvait y aller toutes ensemble !

Laura semble ravie à l'idée de faire les magasins de Beaugenval avec ses copines et Myrta regrette de devoir mentir et de la décevoir.

— C'est vrai, ce serait bien. Mais je ne peux pas. Mon père doit venir me chercher pour m'emmener faire un tour en ULM.

— Ah bon ? C'est cool, ça. J'aimerais trop faire un tour en ULM moi aussi. Mais, d'un autre côté, c'est dommage, on aurait pu bien s'amuser toutes les trois. Déjà que les garçons sont partis de leur côté pour leur entraînement...

— De ce côté-là, il n'y a rien à regretter, intervient Clémence. Même s'ils avaient été libres, je ne crois pas qu'ils auraient accepté de venir avec nous regarder les nouveautés de Mod'Otop.

— Mais tu y es déjà allée, hier, dit Myrta. Tu n'as pas acheté ce que tu voulais ?

— Oh non ! Si tu voyais, ils ont plein de trucs géniaux !

J'ai pris des vernis à ongles, comme je te l'ai déjà dit, mais ils ont aussi des petits hauts super jolis... Mara et Julie en ont acheté pour elles mais pas moi. Je n'ai pas réussi à me décider. Ça a beau ne pas être très cher il faut quand même que je fasse attention à ne pas me ruiner, hein !

— Ne t'en fais pas pour ça, lui répond Laura. Je t'empêcherai de faire des bêtises, c'est promis.

Laura est la plus organisée et raisonnable de leur petit groupe, alors on peut en effet lui faire confiance pour être de bon conseil. Surtout qu'elle s'y connaît en matière de mode.

Quelques minutes et un échange de bises plus tard, Clémence et Laura s'éloignent, croyant laisser Myrta seule derrière elles, assise dans un abribus où elle est censée attendre l'arrivée de son père.

— C'est dommage ! J'aurais bien aimé aller faire les boutiques, moi aussi !

Myrta se tourne vers Zombinina qui s'est installée sur le banc à côté d'elle.

— Oui, je sais... tu as envie de changer de look. Mais là tout de suite, tu sais bien que ce n'était pas possible : on a des choses à faire, au château !

Zombinina fait une moue éloquente qui montre que, à vrai dire, elle aurait bien aimé reporter à plus tard (et pourquoi pas aux calendes grecques ?) leur visite au revenant.

— Bon, heureusement que Griffou est là. J'avoue que, sinon, je ne sais pas si j'aurais eu le courage de venir !

Myrta regarde le chat. Confortablement lové dans les

bras de son amie, il ne fait pas mine de vouloir bouger. Comme elle commence à bien le connaître, Myrta comprend le but du joli matou : Zombinina a besoin d'être rassurée. Plus qu'elle-même. Et elle se souvient que Griffou n'est pas seulement un chat-fantôme, mais également un Griffon : un être magique susceptible de se métamorphoser en un redoutable félin de taille impressionnante s'il sent que ses amis sont menacés.

— Moi aussi je préfèrerais éviter d'aller chercher la Dame Blanche. D'autant plus que je l'ai déjà vue et qu'elle n'avait pas l'air commode du tout. Mais on n'a pas trop le choix, n'est-ce pas ? Surtout que, pendant la nuit, elle a saboté tout le travail qu'on avait fait hier sur les stands.

Zombinina n'était pas au courant de ces nouvelles et Myrta doit lui raconter en détail ce qui s'est passé le matin même. Elle lui explique que, avec l'aide de Rapha et Lucas, Clémence et elle ont pu tout remettre en ordre sans trop de problème. Mais, finalement, elle ajoute ce qu'elle s'est bien gardée de signaler à ses amis :

— J'ai vu que cela ne pouvait pas être le résultat d'une tempête et que les cordes ne s'étaient pas défaites parce que je les avais mal accrochées : elles étaient tranchées, nettement, comme quand on se sert de ciseaux pour les couper.

— Oh ! répond Zombinina, fâcheusement impressionnée. Mais, justement, la paire de ciseaux que tu avais laissée, tu as pu la récupérer ?

— Non, elle avait disparu... Je pense que la Dame

Blanche a dû les emporter et ça, franchement, ça fait que je ne suis pas du tout rassurée !

Toutes les deux ont envie de crier en chœur « *Courage, fuyons !* », mais, bien entendu, il n'en est pas question. Alors, Myrta propose simplement :

— On y va ?

Et, accompagnées du chat, toutes deux quittent le refuge précaire de l'abribus et retournent vers l'enceinte de l'édifice médiéval qui domine la ville de sa silhouette imposante et, hélas pour elles, très inquiétante aussi.

Contrairement à son habitude, Griffou a préféré aller gambader tout seul. Il file devant elles et disparaît régulièrement derrière des tas de cailloux ou des buissons de ronces avant de réapparaître à chaque fois un peu plus loin.

Est-ce que les souris fantômes ça existe aussi ? se demande Myrta, tout en évitant précautionneusement les éboulis. Et c'est vrai que le danger ne vient pas seulement des éventuels revenants qui les guettent peut-être depuis les sombres recoins du château. Il vient déjà des pierres en équilibre instable qui semblent n'attendre que leur passage pour essayer de leur tomber dessus.

Pour s'aventurer à la recherche de la Dame Blanche, Zombinina et elle ont dû traverser l'esplanade centrale au milieu de l'ancienne forteresse. Ensuite, elles se sont dirigées vers l'endroit où, selon l'esprit-fantôme, il est le plus logique pour un revenant d'établir ses quartiers : la partie des ruines qui est interdite d'accès aux promeneurs. Évidemment, elles ont dû braver des panneaux qui annonçaient clairement la couleur :

« Passage interdit
– DANGER –
Chutes de pierres »

Myrta comprend tout à fait pourquoi et elle préférerait chercher les revenants dans un autre endroit : pour suivre ce chemin, elles doivent grimper des escaliers qui donnent l'impression qu'ils vont se réduire en miettes sous leurs pieds.

Par contre, en découvrant les vieilles murailles envahies par les rosiers sauvages et le donjon couronné de créneaux, Zombinina, elle, a retrouvé sa bonne humeur. Elle a trouvé que le décor était follement romantique et a décrété que, en effet, un tel endroit était trop beau pour ne pas être hanté. Depuis, Zombinina avance sans trop d'états d'âme sur ce qui était peut-être l'ancien chemin de ronde. Mais un esprit-fantôme, cela n'a pas grand-chose à craindre des chausse-trappes et des effondrements de murailles, n'est-ce pas ?

Alors que Myrta, si.

— Tu crois vraiment qu'on ne risque rien à se balader ici ? Je trouve que ça a l'air drôlement pas solide, ce bâtiment...

— Mais non, mais non, il n'y a pas de danger... Fais-moi confiance.

La réponse de Zombinina n'a pas vraiment convaincu Myrta qui la trouve un peu trop insouciante. Comme elle ne tient pas du tout à laisser le silence s'installer autour d'elle, elle s'efforce de trouver un sujet de conversation approprié.

— Mais, au fait, les revenants, ce n'est pas plutôt la nuit, qu'on peut les rencontrer ? Parce que là, je me demande si c'est vraiment le bon moment pour les chercher.

D'un seul coup, Zombinina semble intéressée et elle s'arrête un peu pour attendre son amie et lui laisser le temps d'arriver à sa hauteur.

— Ça, tu vois, c'est une bonne question. Je sais qu'on dit que la nuit est le domaine des fantômes, mais, c'est juste une idée reçue, une simple rumeur. La vérité, c'est que tous les fantômes aiment le soleil et la lumière... la seule chose, c'est qu'ils n'aiment pas se montrer ! Ils choisissent d'apparaître rarement, et seulement à des personnes isolées. Et comme, en général, dans la journée les gens se retrouvent en groupe, c'est plutôt la nuit qu'on va les rencontrer.

Zombinina a l'air très satisfaite du discours qu'elle vient de tenir et c'est avec un sourire joyeux qu'elle conclut :

— Mais maintenant, ça a beau être le jour, on a toutes nos chances, parce qu'ici on est complètement seules, et ce sont les conditions idéales pour rencontrer un revenant !

D'un seul coup, elle se rend compte de ce qu'elle vient

de dire et met la main devant sa bouche.

On a toutes nos chances ? On est complètement seules ? Trop cool ! J'ai hâte ! Myrta essaie de s'amuser de ce que vient de dire son amie mais elle commence à sentir un étrange pincement au cœur... Si elle n'était pas une Clairvoyante, on pourrait même croire qu'elle a peur. Mais une Clairvoyante, ça n'a jamais peur, n'est-ce-pas ?

— Oups. Désolée ! dit alors Zombinina. De toute façon, Griffou est avec nous, n'est-ce pas ? Alors on ne risque pas grand-chose !

Au fait, il est passé où, Griffou ? Les deux amies, qui se sont arrêtées et se serrent peureusement l'une contre l'autre, constatent brusquement qu'il a disparu.

Mais non... C'est avec soulagement qu'elles l'entendent miauler alors qu'il revient vers elles, comme s'il avait trouvé quelque chose. Et, en effet, quelque chose le suit.

Une souris ?

Non, pas vraiment.

Ce n'est pas du tout une souris. Et c'est beaucoup plus gros.

Myrta, qui se sent déjà très mal à l'idée de se retrouver face à la Dame Blanche, n'en croit pas ses yeux quand elle voit le nouveau venu que le chat précède en miaulant comme s'il voulait lui faire fête.

Une immense colonne de pierre qui avance.

C'est comme ça qu'elle le voit d'abord. Enfin bon, ça

y ressemble mais ce n'est pas ça. C'est une sorte de géant de glace aux cheveux de feu, armé d'une épée d'une taille invraisemblable. Heureusement, il ne la brandit pas, il la tient juste devant lui, pointe vers le sol. Et, maintenant, le géant s'arrête à deux pas de Myrta et s'appuie sur son épée des deux mains, comme pour dire : « Ici c'est chez moi, on ne passe pas ! ».

Derrière la façade impassible, on devine pourtant qu'il suffirait d'un rien pour déclencher la colère du guerrier. Et Myrta retient son souffle.

L'épée est si grande que, dans un premier temps, la jeune fille ne peut détacher ses yeux de la lame. Un lion, des symboles celtiques et d'autres signes étranges y sont gravés dans le fer. Hypnotisée, Myrta a l'impression de la voir vibrer, et c'est comme s'il s'en dégageait une musique ancienne, un peu grinçante, à la fois mélancolique et guerrière, venue de très loin... d'un très lointain passé.

Sans savoir pourquoi elle fait cela, elle ne peut s'empêcher de tendre la main pour toucher les entrelacs des gravures. Mais c'est en vain : ses doigts tremblants traversent le métal comme s'il ne s'agissait que d'un halo givré. Elle renouvelle sa tentative. Cette fois, sa main ne traverse pas seulement l'épée, elle passe aussi au travers de la silhouette de l'homme qui se dresse devant elle et la regarde d'un air menaçant et imperturbable. Elle n'a rencontré aucun obstacle et n'a ressenti qu'une étrange impression : celle de plonger la main dans une masse froide et gélatineuse qui lui rappelle – et cette idée saugrenue lui donne envie de rire d'une façon hystérique – le flan qu'on leur a servi à midi.

Et, soudain, ce petit détail lui fait prendre conscience de ce qu'elle a devant elle. Ce géant qui semble taillé dans le marbre n'est fait que d'une brume opaque. Et ça lui fait le même effet qu'une douche glacée.

Un revenant !

Myrta a l'impression d'entendre quelqu'un qui crie. Un cri de panique. Elle se demande vaguement qui c'est.

Elle ne se rend pas compte que c'est elle qui crie sans s'arrêter.

Elle n'entend plus rien. D'ailleurs, elle ne voit plus rien non plus.

Et elle s'évanouit.

Chapitre 7

Le fantôme en kilt

— Myrta ? Myrta ? Réveille-toi, Myrta !

— Il faudrait lui donner des sels.

Du sel ? Pourquoi faire ? Et qui parle de faire la cuisine ? À l'idée de manger quelque chose, Myrta se sent encore plus mal et arrive à peine à ouvrir les yeux. Elle reconnaît Zombinina, penchée sur elle, l'air inquiet. Et il y a quelqu'un d'autre, un homme à la voix grave et rocailleuse qui a ajouté quelque chose à propos de sel.

— Mais non ! Il ne parle pas de sel ni de cuisine ! Il dit simplement qu'on devrait t'apporter des sels pour te réveiller.

Zombinina, comme d'habitude, lit dans ses pensées et répond à ses questions sans qu'elle ait besoin de les poser.

Apporter des sels à quelqu'un qui s'évanouit, ça ne se fait plus depuis longtemps, pense Myrta, qui baisse les paupières de nouveau car elle sent que tout autour d'elle se remet à tourner.

C'est alors le miaulement d'un petit chat et un léger coup de langue râpeuse qui lui donnent le courage de se réveiller. Griffou. Avec lui rien de mal ne peut arriver.

Elle se décide à rouvrir les yeux et se redresse sur un coude en grimaçant. Elle est couchée au milieu d'un tas de gravats pointus et de poussière...

— Tu m'as fait drôlement peur ! Tu aurais pu te faire très mal en tombant sur ces pierres, tu sais !

Myrta regarde en direction de Zombinina et elle voit que la jeune fantôme, qui a l'air en effet très inquiète, est agenouillée près d'elle. Et derrière...

Le géant aux cheveux de feu est maintenant accroupi, juste à côté de Zombinina, et Myrta peut constater avec étonnement que lui aussi a l'air très inquiet. Lorsqu'il prend la parole, c'est d'une voix grave à l'accent étranger et avec des expressions bizarres.

— J'espère que je ne vous ai pas fait peur, demoiselle ! Car ce n'était certes pas mon intention !

C'est un revenant !

Myrta se souvient d'un seul coup. Et sa panique pourrait revenir. Mais elle remarque à ce moment-là quelque chose d'étrange : le géant porte une jupe, et ça, c'est franchement plus bizarre qu'effrayant.

— C'est pas une jupe, c'est un kilt ! Dis-moi, tu as dû prendre un sacré coup sur la tête, en tombant, pour confondre les deux. Parce que je te rappelle qu'il va y avoir des *Highland Games,* ici. Et tous les gens qui y participent sont quand même censés pouvoir faire la différence entre une jupe et un kilt, non ?

Ah, c'est vrai, les *Highland Games* ! Myrta, qui commence à reprendre ses esprits, croit comprendre tout à coup : l'homme devant elle, le géant en kilt, c'est probablement l'un des athlètes participant aux jeux.

Zombinina lève les yeux au ciel, l'air excédé. Et là, pour une fois, c'est Myrta qui peut deviner les pensées de sa copine.

C'est pas un athlète venu pour les jeux. C'est vraiment un revenant !

Le temps de digérer l'information et une autre question se pose à elle :

Mais que vient faire un revenant écossais dans un château français du Moyen-Âge ?

Bingo ! Là, il semble qu'elle ait touché du doigt le problème. Car Zombinina lui fait un clin d'œil et, avec un sourire éclatant, lui tend la main pour l'aider à se relever.

— Ah ! Voilà ! Ça fait plaisir : je vois que tu es revenue parmi les vivants...

Zombinina s'interrompt brusquement et met la main devant sa bouche d'un air gêné en se rendant compte qu'elle vient de commettre une gaffe. Puis elle glisse un coup d'œil du côté du revenant, qui affiche une mine imperturbable.

Bon : soit il est très poli et fait semblant de ne pas avoir entendu la bêtise qu'elle vient de dire, soit il n'a tout simplement pas compris. Le fait est que, si c'est vraiment un revenant écossais du Moyen-Âge, comprendre le français moderne, ça ne doit pas être très facile pour lui.

Myrta en profite pour se relever. C'est une Clairvoyante, tout de même, et elle devrait être capable de tenir tête à un revenant sans trembler ! Pour l'instant, elle doit reconnaître qu'elle n'a pas fait trop bonne figure mais il est encore temps de se rattraper.

— Hmm... Bonjour ! Moi, c'est Myrta.

Bon, ça, comme façon d'engager la conversation avec un revenant, c'est plutôt du genre super nul. Mais, comme elle ne voit pas très bien ce qu'elle aurait pu dire d'autre, elle se contente de rougir et attend de pied ferme la réponse du géant.

De manière inattendue, ce dernier, qui entretemps s'est relevé lui aussi, s'incline dans un salut plein d'élégance.

— Je vous salue, noble demoiselle Myrta, dit-il, puis après une hésitation perceptible, il ajoute, Moi c'est Ian MacGregor.

Eh bien, cet Écossais-là est plutôt bon en langues ! Il a su s'adapter immédiatement à la façon de parler de Myrta. Avec quelques bugs, évidemment, mais il faut se mettre à sa place : la dernière fois qu'il a dû avoir l'occasion de parler à quelqu'un remonte probablement à quelques siècles. *Au fait, combien de siècles ?* se demande-t-elle.

Zombinina, qui voit que Myrta n'est pas très en forme, décide alors d'intervenir dans la conversation.

— Nous vous saluons, noble MacGregor. Nous sommes désolées d'avoir troublé votre repos, mais nous serions honorées si vous pouviez nous consacrer un peu de votre temps.

Là, l'Écossais a une réaction plutôt inattendue pour un revenant. Il rejette la tête en arrière et éclate d'un rire tonitruant.

— Un peu de mon temps ? Mais ne vous gênez pas, demoiselles ! Du temps, j'en ai et j'en ai même beaucoup plus qu'il n'en faut. Si vous voulez, je suis disposé à passer en votre compagnie un siècle ou deux, ou même davantage, pourquoi pas ?

Brrr ! Voilà une proposition qui ne me tente pas, mais alors pas du tout ! se dit Myrta qui sent un frisson glacé la parcourir en entendant ces mots. Et elle prendrait ses jambes à son cou immédiatement si elle ne voyait que Griffou, dont la désertion à ce moment précis l'étonne, s'est installé confortablement sur les épaules du géant contre lequel il se frotte affectueusement.

Elle ouvre la bouche pour répondre à MacGregor mais... c'est le moment que choisit son téléphone pour commencer à sonner.

La musique du portable semble sortir de nulle part. En quelque sorte, on pourrait croire que c'est une musique-fantôme. Elle a pour effet de faire sursauter Ian MacGregor qui, immédiatement, montre quel guerrier rapide il devait être : en un seul mouvement il se place devant les deux jeunes filles pour les protéger et brandit son énorme épée pour faire face à l'attaque mystérieuse.

Au moins, cela aura servi de test. Il est évident que le géant écossais ne leur veut pas de mal, bien au contraire. Myrta, qui fouille frénétiquement dans son sac et réussit à raccrocher en catastrophe, trouve ça très sympa mais aussi plutôt gênant : comment expliquer à un fantôme venu du Moyen-Âge les subtilités de la technologie sans fil ?

Zombinina ne semble pas se poser ces questions et prend tranquillement l'initiative.

— Eh bien, j'aurais bien passé quelques siècles à bavarder avec vous, noble MacGregor, mais cette musique est une alerte que les hommes d'aujourd'hui utilisent. C'est un peu comme les cloches dans le passé ! Lorsque cette sorte de petit clocher, que Myrta porte sur elle, se met à sonner, elle sait que ses amis ou sa famille veulent lui parler.

Un petit clocher ? pense Myrta. Voilà une façon bizarre de présenter un téléphone portable, mais étant donné que la sonnerie est *Jingle Bells*, l'idée, après tout, n'est pas si farfelue.

— Un petit clocher ? demande Ian MacGregor d'un ton méfiant. Mais je ne vois aucun clocher ! Ne serait-ce pas quelque diablerie ?

Myrta sort alors le téléphone de sa poche et, avec beaucoup de précautions, le tend au géant comme preuve de sa bonne volonté.

Pourquoi l'Écossais ne le prend-t-il pas pour l'examiner ? Peut-être parce qu'il se méfie d'un objet qui lui semble ensorcelé... ou peut-être simplement parce qu'il craint de ne pas pouvoir tenir cet objet minuscule dans ses mains énormes sans le casser immédiatement.

Toujours est-il que le téléphone se remet alors à sonner.

— Allez, réponds ! dit Zombinina. Tant que tu ne l'auras pas fait, celui qui t'appelle ne nous laissera pas tranquilles. Pendant ce temps, nous allons t'attendre. Pas de souci.

Pas de souci ! Ça alors, c'est vite dit, pense Myrta qui, justement, commence à stresser sérieusement. C'était déjà difficile à gérer, un fantôme en kilt armé jusqu'aux dents, sans avoir en plus dans les pattes un téléphone qui n'arrête pas de sonner.

Un coup d'œil à l'écran et elle voit qui l'appelle : sa mère. *Si j'ai le malheur de ne pas lui répondre, bonjour les ennuis ce soir à la maison !* pense-t-elle. Alors, elle se prépare à abréger la conversation autant que possible et elle décroche.

— Ah ! Bon, quand même..., entend-t-elle à peine a-t-elle décroché. Tu te décides enfin à répondre. C'est la deuxième fois que je t'appelle et je commençais à me faire du souci.

— Hmm... Tu sais, Maman, tout va bien ici.

— D'accord. Tant mieux. Je suppose que tu es avec tes amis ?

Myrta lève les yeux et voit, un peu plus loin, Zombinina qui est en grande conversation avec le revenant de taille gigantesque. Des amis ? Hmm. Pour ce qui est du revenant, elle n'en est pas tout à fait sûre mais elle l'espère !

— Oui, bien sûr, répond-t-elle d'un ton dégagé. Avec des amis. Tu n'as aucun souci à te faire.

— Bon voilà, reprend Evarista Desforest, en fait je te téléphonais pour te rappeler que ton père doit venir te chercher à quatre heures. Tu n'as pas oublié, j'espère ?

— Mais non, Maman, je n'ai pas oublié, soupire Myrta. On a rendez-vous sur la place principale de Beaugenval et il doit m'emmener faire un tour un ULM.

D'un seul coup, elle a un doute et elle ajoute :

— J'espère que cette fois-ci ce n'est pas annulé, au moins ?

— Non, non ! répond Evarista. En fait, justement, je voulais te prévenir que, en revenant, vous passerez prendre Douglas pour le ramener à la maison. Il faudra que vous soyez de retour à six heures et demie au plus tard, pour qu'on puisse dîner tout de suite.

— Dîner à six heures et demie ? Tu plaisantes, Maman, c'est beaucoup trop tôt !

— Pas du tout ! Les Écossais ont l'habitude de dîner à cette heure-là, figure-toi. Comme Douglas est notre invité, je ne veux pas qu'il se sente mal à l'aise, chez nous. Nous mangerons donc plus tôt que d'habitude, voilà tout !

Parler de dîner alors qu'elle vient juste de finir son déjeuner n'enthousiasme pas Myrta. D'autant plus que le sujet lui semble bien peu intéressant en comparaison de ce que Zombinina et le revenant sont en train de se raconter, si l'on en juge par les gestes animés que font les deux fantômes.

Elle se dépêche donc de mettre un terme à la conversation.

— Bon. Eh bien pas de problème. On se dépêchera, c'est promis. À ce soir !

Et elle raccroche.

Bien sûr, le téléphone se remet tout de suite à sonner mais Myrta, sans hésiter, l'éteint carrément. Elle n'a pas un siècle de disponible pour le revenant mais elle devrait quand même pouvoir lui consacrer quelques minutes ! Alors elle laisse le portable tomber au fond de son sac et se tourne vers Zombinina et MacGregor qui, à quelques pas de là, discutent avec animation.

— J'espère, demoiselle Myrta, que les cloches ne vous ont pas apporté de mauvaises nouvelles, lui demande le revenant.

— Euh... Non. Tout va bien, les cloches ne m'ont rien dit de très important..., répond Myrta qui se demande la tête que ferait sa mère en s'entendant traiter de cloche. Il faudra juste que je rentre chez moi plus tôt que prévu pour dîner.

D'un coup, elle se rend compte que ce qu'elle est en train de faire est complètement surréaliste : expliquer à deux fantômes ce que sa mère vient de lui raconter... comme si l'heure du dîner chez elle pouvait les intéresser !

Mais MacGregor la regarde d'un air attentif et aimable.

Il semble tout à fait disposé à parler de sujets futiles. C'est qu'il n'a peut-être pas souvent l'occasion de faire la conversation !

Et, tout bien réfléchi, Myrta se rend compte qu'elle ne voit pas du tout MacGregor dans le rôle du saboteur : comment un guerrier qui a l'air si sérieux et courtois pourrait-il s'amuser à arracher les banderoles des stands ?

D'ailleurs, c'est ce que lui confirme immédiatement Zombinina :

— J'ai déjà parlé à Ian de ce qui s'est passé ces jours-ci. Il n'est pour rien dans ce qui est arrivé à tes stands et il ne sait pas non plus qui a savonné la scène pour la répétition des danses folkloriques.

« Ian » ? Décidément, Zombinina et lui ont lié bien vite connaissance ! se dit Myrta.

Zombinina regarde Myrta en fronçant les sourcils. Elle fait mine de ne pas avoir entendu les pensées de son amie et elle ajoute d'un air détaché :

— Puisque ce n'est pas lui le responsable des incidents, il faut bien que ce soit quelqu'un d'autre. Justement, Ian m'a dit qu'il y avait un autre revenant dans le château.

Ah ! Un autre revenant ! Ça, on s'en doutait un peu. D'ailleurs, ce serait une revenante que cela ne m'étonnerait pas, pense Myrta.

Mais Zombinina poursuit ses explications :

— Ian dit que c'est une dame. Une Dame Blanche... Je lui ai demandé de nous conduire jusqu'à elle mais il y a juste un petit problème. Ils hantent tous les deux le château depuis plusieurs siècles mais... ils ne se parlent pas !

Myrta regarde le guerrier écossais qui secoue la tête d'un air sombre.

— Dame Blanche est une belle et noble dame. Mais, si je peux parler franchement, elle a un vrai caractère de cochon !

Chapitre 8

Visite au donjon

Là, les deux filles restent muettes de surprise. « Un caractère de cochon » ? En voilà une façon de parler, pour un noble guerrier du Moyen-Âge ! Surtout pour parler d'une dame !

Mais Ian, manifestement, en a gros sur le cœur. Et, tout de suite après, il s'explique.

— En fait, avant, c'est-à-dire à l'époque où j'étais encore vivant, Blanche était tout à fait charmante. Je l'ai connue grâce à son père, le Comte de Beaugenval. Nous étions amis et il m'a invité à séjourner ici.

Le revenant désigne d'un geste large le donjon, encore debout, et les ruines qui l'entourent.

— Il faut que vous imaginiez, poursuit-il. Dans ces années-là, le château était magnifique, de nombreux chevaliers y vivaient et le Comte avait une foule de soldats et de serviteurs en permanence. Il organisait des tournois, des banquets... Et puis, un jour, il y a eu la guerre.

Brusquement, l'Écossais, qui s'est laissé emporter par

ses souvenirs, devient mélancolique.

— J'ai dû m'en aller pour rejoindre les armées du roi. Mais j'avais promis à Blanche de revenir. Vous comprenez, on était devenus amis tous les deux. Et même un peu plus que cela... Elle m'avait donné sa parole : elle attendrait mon retour, et après...

Il s'interrompt, perdu dans ses pensées.

— C'était votre fiancée, alors ? demande Zombinina.

Ian la regarde et hausse les épaules d'un air découragé.

— Oui, nous étions fiancés. Hélas, la guerre a duré trop longtemps. Je me suis battu en France et, après, en Espagne. J'ai même fait fortune là-bas et, un jour, je suis enfin revenu. J'étais avec une armée de chevaliers français. Mais il était trop tard.

Trop tard ? Les deux filles, qui se sont laissé prendre par l'histoire, étouffent une exclamation.

— Trop tard ? Mais pourquoi ?

Ian soupire et garde d'abord le silence, mais il finit par répondre à la question de Myrta.

— Le château de Beaugenval était occupé par une troupe d'Anglais. Le Comte n'était plus en vie depuis le début de la guerre et Blanche était prisonnière. Quand je l'ai appris, j'ai proposé de payer une rançon pour la délivrer avant que les Français n'assiègent le château pour le reprendre, mais...

Ian se plonge de nouveau dans le silence.

— Mais... Quoi ? demandent les filles, impatientes de savoir la fin de l'histoire.

— Mais… Rien. Je ne me souviens plus de rien. Je sais seulement que l'échange devait avoir lieu le lendemain à l'aube. Cette nuit-là, je suis rentré sous ma tente et… plus rien. Il s'est passé quelque chose, bien sûr, mais je ne sais pas quoi. Je sais seulement que, quand je me suis réveillé, longtemps après, tout avait changé. Il n'y avait plus rien, ni personne, juste des ruines. Et tout à coup j'ai vu Blanche qui était là, mais elle avait changé aussi.

Il fait un geste d'impuissance et regarde devant lui, comme s'il revivait la scène.

— Elle n'était plus la même. Elle était toujours aussi belle mais elle était pâle, presque transparente. Elle flottait. Alors j'ai compris… Ce n'était pas grave de ne plus être en vie, tous les deux, vous comprenez ? L'important c'était que j'étais enfin avec elle : cela aurait pu être le Paradis ! Mais quand je lui ai parlé, elle a refusé de m'adresser la parole. Elle m'a regardé comme si j'étais son ennemi et, depuis, elle me tourne le dos à chaque fois que je la rencontre. Si seulement je pouvais lui demander ce qu'elle a à me reprocher ! Mais non, elle ne veut rien savoir, elle est têtue comme une mule, je vous dis. Et cela fait des siècles déjà que cette obstinée me rend fou !

Fou ? Lui ? En regardant Ian MacGregor, Myrta se dit qu'il a l'air bien moins fou que le fantôme échevelé de la Dame Blanche telle qu'elle lui est apparue armée de ses ciseaux ! Le pauvre chevalier écossais lui inspire finalement moins de crainte que de pitié. Mais que pourrait-elle faire pour l'aider ? Soudain, il lui vient une petite idée. Et, en même temps, peut-être lui sera-t-il possible de résoudre le problème plus immédiat qui la préoccupe : celui des sabotages qui menacent les *Highland Games*.

— Si j'ai bien compris, dit-elle alors à son nouvel ami, vous êtes mort juste avant le siège du château ? Si on réussissait à savoir ce qui s'est passé à ce moment-là, on saurait peut-être ce qui provoque la colère de la Dame Blanche. Parce que, apparemment, maintenant elle déteste tout ce qui est écossais !

— Hmm. Oui, c'est vrai, intervient Zombinina, il est possible que ce soit à cause de Ian qu'elle essaie d'empêcher les jeux d'avoir lieu, mais, comme c'est pressé, il faudrait quand même essayer de lui parler. Parce que les jeux, c'est maintenant, et il est urgent de l'arrêter !

— Si vous voulez, je peux vous conduire jusqu'à elle. Vous êtes des filles, vous, alors elle sera peut-être d'accord pour vous rencontrer.

Rencontrer le fantôme aux ciseaux était bien leur but, non ? Myrta doit s'avouer qu'elle n'en meurt pas d'envie mais, puisqu'il le faut... Elle fait un grand sourire et répond à Ian en affichant une gaieté qu'elle est loin d'éprouver :

— Allons-y ! Ça tombe bien, il est presque trois heures : l'heure idéale pour faire une visite dans la bonne société !

— Tu crois qu'elle va nous offrir du thé ? demande Zombinina en plaisantant elle aussi pour se remonter le moral. Je te préviens, je ne pourrai pas en prendre, je déteste le thé !

— Allons demoiselles, suivez-moi, et essayez de ne pas vous prendre les pieds dans les ronces, il ne faudrait pas que vous tombiez de nouveau, comme tout à l'heure !

Le conseil de Ian n'est pas mauvais. D'autant plus que, le chat juché sur ses larges épaules, il les entraîne vers des parties encore plus dangereuses des ruines : en direction des escaliers du donjon qui dresse vers le ciel sa silhouette inquiétante.

Il est clair que le donjon a dû connaître des jours difficiles. C'est par une brèche ouverte dans la muraille que l'Écossais les fait entrer dans une vaste salle qui porte encore les traces noirâtres d'un ancien incendie. En voyant Myrta hésiter à le suivre, il se tourne vers elle :

— Ne vous inquiétez pas, demoiselle. Les murs du donjon ont trois mètres d'épaisseur ! S'ils ont résisté aux assauts des machines de guerre il y a quelques siècles, ce n'est pas votre poids qui les fera céder aujourd'hui.

Vu comme ça, il n'a pas tort, se dit Myrta. Et c'est avec plus de confiance qu'elle s'engage dans l'étroit escalier de pierre qui mène aux étages où, semble-t-il, elle pourrait avoir la chance (si, si, la chance... Pfff !) de trouver la Dame Blanche.

D'abord, elle ne la voit pas. C'est Zombinina qui lui fait signe et lui montre, silencieusement, la forme à peine perceptible dans l'ombre.

Évidemment, elle s'attendait plutôt à découvrir une

furie prête à les agresser.

Là, dans l'encadrement d'une étroite fenêtre, c'est la silhouette d'une femme assise qu'elle découvre. Installée sur un banc de pierre aménagé dans la profondeur de la muraille, la femme est penchée sur un objet que Myrta a du mal à reconnaître. Puis elle devine qu'il s'agit d'une sorte de tapisserie que la femme est en train de broder.

Forcément, se dit-elle, *il faut bien qu'elle s'occupe. Depuis des siècles, elle n'a sans doute rien d'autre à faire, vu qu'elle refuse de discuter avec la seule personne qui pourrait lui parler !*

Mais, d'un seul coup, la Dame Blanche semble deviner leur présence et, en l'espace d'une seconde, se retrouve au milieu de la salle, flottant au-dessus des décombres et leur barrant le passage comme s'ils étaient des assaillants.

D'un air hostile, elle s'apprête à leur faire un discours qu'on devine déjà plein de menaces lorsque, soudain, un son métallique surprend tout le monde. Un objet brillant vient de s'échapper de la poche de la femme et de tomber à ses pieds.

— Mais c'est ma paire de ciseaux ! s'exclame Myrta.

Cette remarque inattendue paraît déstabiliser la revenante qui ne semble plus savoir exactement ce qu'elle doit faire et, manifestement très gênée, porte la main à sa bouche en rosissant légèrement. Ce qui la rend bien plus jolie et lui donne un air nettement moins glacé.

— Oups ! dit-elle. Ces ciseaux sont à vous ? Je les ai trouvés près d'ici mais je ne savais pas qu'ils vous appartenaient !

Cette remarque a le don d'énerver Myrta. Piquer ses ciseaux, passe encore… mais s'en servir pour tout abîmer sur son stand, c'est quand même gonflé !

Mais la Dame Blanche, d'un air gêné, ramasse les ciseaux et les lui tend en ajoutant :

— Je suis vraiment désolée de vous en avoir privée ! Ils sont si beaux. Je n'avais jamais vu de ciseaux d'argent, ils doivent vous être très précieux pour faire vos broderies.

Mes broderies ? Moi qui sais à peine coudre un bouton ! pense Myrta en riant intérieurement.

— Oh, dit-elle simplement en récupérant les ciseaux. En fait, ce n'est pas de l'argent. C'est juste de l'acier chromé !

Hmm. L'air perplexe qu'affiche la Dame Blanche est éloquent : l'expression « acier chromé » ne lui parle pas trop, et est-ce vraiment étonnant pour quelqu'un qui vient tout droit du Moyen-Âge ?

— Je vois, dit la Dame Blanche, vous avez sans doute obtenu cet objet de l'atelier d'un alchimiste, il n'en a que plus de valeur et je regrette de vous les avoir empruntés sans prévenir.

— Ce n'est pas grave ! tranche Myrta d'un air désinvolte. En fait, je ne venais pas vraiment pour récupérer mes ciseaux. Je venais vous demander pourquoi vous tenez tellement à détruire tout ce que nous faisons pour préparer les prochains *Highland Games*.

— Détruire ? Moi ? Mais c'est exactement l'inverse ! Je ne fais que défendre mon château de la destruction. C'est vous, avec vos jeux, qui menacez mon château !

Brrr. La voilà de nouveau en colère. Mais, cette fois, Myrta et Zombinina n'ont plus peur. Quand on commence à connaître quelqu'un on est d'avantage ouvert à ses arguments et, là, il est clair que la Dame Blanche croit avoir une bonne raison pour tout saboter. Le tout serait de savoir quelle est cette raison, bien sûr, parce que, pour l'instant, elles n'en ont aucune idée !

— Pourquoi croyez-vous que les jeux menacent le château ? demande Zombinina. Ce n'est pas en dansant, en vendant des gâteaux ou en lançant des troncs d'arbres que les gens de Beaugenval vont casser le donjon !

— C'est ce que j'ai pensé les années précédentes. Lorsque les jeux avaient lieu, ma tranquillité était troublée par tous ces gens qui venaient et le vacarme qu'ils faisaient mais... j'ai quand même laissé faire. Mais, cette année, c'est différent.

Différent ? En quoi les jeux de cette année pourraient-ils être différents ? Parce que tous les jeunes de Fontebelle y participent ? Myrta ne croit pas vraiment à cette explication : ce serait absurde ! Alors elle pose tout simplement la question :

— Et qu'est-ce qui a changé, cette année ?

La Dame Blanche désigne une fente qui, de bas en haut, traverse la muraille.

— Regardez cette brèche. Elle est apparue il y a à peine quelques jours. Depuis que des bruits sourds me parviennent depuis le sous-sol du château. La nuit, la terre tremble et j'entends des explosions. Qui d'autre pourrait vouloir attaquer et détruire le château que les joueurs étrangers venus à l'occasion des fêtes ?

En y regardant mieux, c'est vrai que la lézarde dans le mur est plutôt inquiétante. C'est tellement bizarre que Myrta a du mal à croire cette histoire. Mais elle entend à ce moment quelqu'un qui se racle la gorge avant de parler.

— Hmm. Hmm. Je dois dire que ce que dit ma Dame est tout à fait exact. Moi aussi, j'ai entendu ces dernières nuits le fracas d'explosions souterraines et j'ai senti que la terre tremblait.

Ian MacGregor ! Elle l'avait presque oublié, celui-là. Il faut dire que la Dame Blanche l'ignore superbement : elle jette à peine un coup d'œil de son côté (quand même ! il vient de venir à son secours, non ?). Elle relève le menton fièrement et fait comme si elle ne l'avait pas entendu.

Zombinina intervient alors. Cette histoire d'explosions, elle ne sait pas ce que c'est mais, de toute façon, ça n'a rien à voir avec les jeux !

— Vous avez raison de vous inquiéter s'il y a des explosions la nuit mais je vous garantis que ça n'a rien à voir avec les *Highland Games* ! Ce n'est pas en empêchant la fête que vous résoudrez le problème, ça c'est certain.

La Dame Blanche regarde Zombinina d'un air intéressé.

— Vous dites que vous me garantissez que cela n'a rien à voir avec ce que vous faites. Cela veut-il dire que vous me donnez votre parole d'honneur que vous empêcherez les destructions de continuer ?

Zombinina et Myrta échangent un regard hésitant. Est-ce vraiment une promesse qu'elles peuvent faire ? Myrta regarde de nouveau la fissure dans le mur. C'est vrai qu'elle est très inquiétante. Elle se souvient qu'elle est Clairvoyante et, qu'elle le veuille ou non, cela lui donne des responsabilités.

— C'est d'accord, dit-elle enfin. Je vous donne ma parole d'honneur que, si vous ne sabotez plus les jeux, je ferai tout mon possible pour trouver les responsables de ces explosions et pour les arrêter.

— Dans ce cas, demoiselle, vous avez ma parole aussi. Je ne ferai plus rien qui puisse vous nuire à vous ou à vos amis.

Après cette déclaration solennelle, la Dame Blanche fait mine de se retirer. Elle commence à s'éloigner en flottant. Myrta pense qu'elle va probablement reprendre sa broderie. La même depuis des siècles. La pauvre, quel ennui ! Et à ce moment-là, elle se rend compte qu'elle a encore dans les mains sa paire de ciseaux.

— Attendez ! dit-elle à la Dame Blanche, qui s'arrête alors dans son mouvement. Tenez, en gage de ma bonne volonté, je vous offre ces ciseaux. Ils vous seront plus utiles qu'à moi.

Elle voit alors le regard de la revenante s'éclairer.

— Je ne sais pas si j'oserais... C'est un précieux trésor que vous me proposez là !

Euh... C'est vrai que Myrta a pris cette paire de ciseaux

dans la corbeille à couture de sa mère. Mais cette dernière s'en sert si peu souvent qu'il pourra bien se passer quatre ou cinq ans avant qu'elle ne s'aperçoive de leur disparition ! Et, entretemps, Myrta aura plein d'occasions d'en acheter une autre paire pour les remplacer. Mais, d'un coup, il lui vient une idée.

— Si vous voulez bien, vous pourriez peut-être recoudre quelque chose pour moi en échange ? propose-t-elle à la jeune femme.

— Mais, bien volontiers ! Ce sera un véritable plaisir que de vous rendre ce service !

L'enthousiasme de Dame Blanche fait plaisir à voir. Myrta est un même peu gênée de l'avoir piégée de cette façon un peu malhonnête. Mais, après tout, c'est dans son intérêt, n'est-ce pas ? Alors, d'un ton ferme, elle explique à la revenante ce qu'elle veut exactement :

— Il y a trop longtemps que le lien entre vous et Ian MacGregor a été déchiré. Aujourd'hui, je vous demande de le recoudre, ne serait-ce que pour lui permettre, au moins une fois, de s'expliquer.

Lorsqu'elle comprend ce que Myrta veut dire, la jeune revenante pâlit, puis rosit et glisse un coup d'œil pour la première fois en direction de l'Écossais qui se tient silencieusement à la porte.

— Je vous ai donné ma parole, et il ne sera pas dit que Blanche de Beaugenval n'a pas tenu sa promesse, dit-elle enfin dans un soupir.

Chapitre 9

Le baptême de l'air

— C'était trop romantique ! Sur ce coup-là, tu as assuré un maximum !

Zombinina est enthousiaste et ne tarit pas d'éloges sur Myrta. Il faut dire que la vision du géant écossais pouvant enfin, après des siècles de séparation, regarder en face celle qui avait été sa fiancée avait de quoi émouvoir un cœur de pierre. Ces deux-là s'aimaient encore, avait décrété Zombinina, et Myrta, évidemment, était d'accord avec elle. Elles s'étaient éclipsées discrètement, laissant les deux amoureux à leurs retrouvailles.

— Eh bien j'espère seulement qu'ils n'ont pas recommencé à se disputer dès qu'on a eu le dos tourné. Mais... Oh ! Mince alors ! Tu as vu l'heure qu'il est ? Je suis horriblement à la bourre !

Myrta vient de rallumer son téléphone et voit qu'il lui reste à peine cinq minutes pour rejoindre la place où son père lui a donné rendez-vous à quatre heures.

Ce n'est pas facile de traverser les ruines dans l'autre

sens, mais Griffou leur sert de guide et, lorsqu'ils arrivent à l'entrée, ou plutôt, là où se trouve le panneau « Entrée interdite », il n'y a heureusement personne pour voir que Myrta se glisse sous la barrière qui ferme le chemin. Il ne lui reste plus qu'à courir comme une folle pour arriver, essoufflée, sur le petit parking.

Et là, personne.

Pourtant il est déjà quatre heures cinq, non ?

Au moment où elle regarde l'écran pour vérifier l'heure, Myrta voit qu'elle vient de recevoir un SMS.

En retard. Désolé. Arrive dans 30 mn. Papa.

Et on dit que c'est les filles qui sont toujours en retard ! Laisse-moi rire ! se dit-elle.

— Bon, ce n'est pas plus mal. Au moins, tu vas pouvoir reprendre ton souffle avant qu'il n'arrive. Parce que je te rappelle que tu n'étais pas spécialement en avance, toi non plus ! lui fait remarquer Zombinina.

— Ok. Tu n'as pas tort. D'ailleurs je me poserais bien quelque part un moment. Tu viens ?

À cette heure-ci, il y a beaucoup de passage. Les voitures n'arrêtent pas de rentrer et sortir du parking. Myrta se dirige vers la partie aménagée pour les promeneurs autour de la place. Il y a là quelques bancs et Myrta s'installe sur l'un d'eux, assez large pour les accueillir, elle et ses deux amis.

— Au fait, il n'arrive que dans vingt minutes, ton père,

non ? Peut-être qu'on aurait le temps de faire un saut à Top'Omod, nous aussi ?

Myrta a commencé à caresser tranquillement Griffou qui s'est installé sur ses genoux. Elle regarde Zombinina avec étonnement.

— Top'Omod ? C'est quoi ça ? Tu veux dire Mod'Otop ? Mais ce n'est pas la peine : je n'ai rien d'urgent à acheter.

— Top'Omod, Mod'Otop, ça revient au même, dit Zombinina en balayant d'un geste les arguments de Myrta. Et, si... il faudrait que tu achètes des vernis à ongles. Clémence a dit qu'il y en avait de super bien, là-bas. J'ai regardé un lien pour un tuto qu'elle a partagé sur sa page Facebook. C'est fou le nombre de trucs cool qu'on peut faire avec ça, tu sais.

— Ah bon ? C'est pour ça que tu voulais te servir de mon ordi ? Ne me dis pas que tu as passé la matinée sur Facebook, quand même ?

— Mais si ! Il fallait bien que je m'occupe pendant que tu t'amusais avec les autres. En fait, je crois que j'aimerais bien avoir moi aussi ma page Facebook. Je pourrais me faire des amis...

Les fantômes peuvent-ils eux aussi se créer un compte Facebook ? se demande Myrta en regardant d'un air sidéré son amie. *Et comment faire pour mettre une photo de profil quand on est transparente pour la plupart des mortels ?*

Elle n'a pas le temps de lui répondre que son téléphone se met à vibrer. Elle vient de recevoir un autre SMS. Son père aurait-il décidé d'annuler ? Non, cette fois cela vient de Rapha.

Salut ! Ça va le shopping ? Ici c'est super. Les Écossais sont super sympas. Faudra que je te raconte pour Lucas. Je passe te voir après fin de l'entraînement : chez toi à 6H30. Ok ? A+

D'abord, Myrta est contente de lire le message. Puis, d'un seul coup, elle se souvient. 6H30 ? Ah non alors, ça ne peut pas aller du tout ! Avec la nouvelle lubie de sa mère et ses horaires à l'écossaise, c'est juste le moment où ils vont commencer à dîner. Elle se dépêche alors de rappeler Rapha mais tombe directement sur son répondeur. Et zut ! Il y a des moments où elle a envie de taper sur son téléphone !

C'est à ce moment-là qu'elle entend un coup de klaxon juste à côté d'elle.

— C'est ton père, dit Zombinina. Finalement, il est en avance... ou bien, si tu préfères, il a moins de retard que prévu.

— Salut Myrta ! dit son père qui a ouvert la fenêtre. Désolé du retard, mais je me suis dépêché. Allez, monte vite et on va avoir juste le temps de faire un tour en ULM avant de revenir chercher Douglas !

Myrta ouvre la porte et s'installe à l'avant tandis que, en même temps qu'elle, les deux fantômes s'engouffrent dans la voiture, bien décidés à profiter de ce qui sera pour eux leur baptême de l'air.

Le petit aérodrome que dirige le père de Myrta comporte plusieurs hangars où les avions qu'il utilise pour ses clients sont mis à l'abri. Seuls ceux qui vont servir dans la journée sont sur le terrain. Quant à l'ULM qu'ils vont utiliser, il a déjà été sorti et le père de Myrta n'a qu'à effectuer quelques réglages et à fixer l'aile de l'engin : à peine un quart d'heure après leur arrivée, ils sont prêts à décoller.

— Tu penses qu'on va avoir du blizzard ?

Myrta est engoncée dans un blouson épais. Elle porte encore à la main son casque, ce qui lui permet de répondre à la remarque moqueuse de Zombinina :

— Ris tant que tu voudras, mais je ne sais pas si tu te rends compte que là-haut, entre le vent et l'altitude, il fait un froid de canard. D'ailleurs, vous pensez que c'est vraiment prudent de venir, vous aussi ?

Zombinina hausse les épaules et fait un geste désinvolte :

— Aucun souci. Griffou et moi, on est blindés, tu sais. Pas besoin de casque ni de blouson, pour nous !

— Bon. Eh bien alors, accrochez-vous !

Quelques instants plus tard, l'ULM a décollé, nez au vent, et l'engin prend à toute vitesse de l'altitude. Myrta, assise derrière son père qui est installé aux commandes, profite de la vue magnifique sur les champs, les bois et les bâtiments qu'ils survolent, certains isolés, d'autres regroupés en hameaux ou en villages. Zombinina et Griffou se sont glissés à côté d'elle et s'accrochent comme ils peuvent aux montants de son siège.

— Qu'est-ce que c'est, là-bas ? demande Zombinina dont la voix lui parvient difficilement au travers du bruit du vent. On dirait Beaugenval, non ?

— Oui, je vois le donjon !

Et c'est vrai que, dans le fond du paysage, c'est la silhouette majestueuse du château qui se dessine. On aperçoit aussi la ville elle-même, ses quartiers anciens et d'autres, plus modernes, que l'on reconnaît à leurs nombreux jardins et aux bâtiments plus clairs et plus hauts.

Le père de Myrta croit que c'est à lui que sa fille s'adresse et, à son tour, il fait de grands gestes pour l'inviter à regarder l'endroit qu'ils survolent. Maintenant, ils ne sont plus très loin du château et, au-dessous d'eux, ils voient une vaste zone herbeuse entourée de barrières qui s'étend aux abords immédiats de la ville.

Myrta a du mal à entendre ce que lui dit son père qui essaie de couvrir le bruit du vent et du moteur. Mais elle finit par reconnaître les mots qu'il répète : « C'est l'hippodrome ». Alors, elle lui fait signe pour lui montrer qu'elle a compris.

C'est vrai que, s'il ne le lui avait pas dit, elle aurait eu du mal à deviner qu'il s'agissait d'un hippodrome. Le fait est que celui-ci est en construction. Vu de haut, pour l'instant on dirait plutôt un champ de bataille. Le sol est défoncé par des machines-outils de taille impressionnante qui se trouvent comme abandonnées ici et là sur le terrain. Myrta suppose qu'il s'agit de creuser les fondations de bâtiments qui serviront... elle ne sait pas à quoi. Des gradins, peut-être ? Des écuries ? En tout cas, pour l'instant, les promoteurs de cet hippodrome ont détruit plus qu'ils n'ont bâti, se dit-elle. Et c'est un peu dommage, car l'endroit se trouve vraiment près du château.

L'ULM commence alors à prendre un virage. Myrta sait qu'ils auraient le droit de survoler la ville mais que son père n'aime pas faire ça. Il préfère se tenir éloigné des zones d'habitation pour ne prendre aucun risque. Et maintenant, il estime qu'ils se sont assez approchés de Beaugenval et il revient vers leur lieu de départ.

— Tu ne veux pas apprendre à piloter ? demande Zombinina à Myrta pendant que son père est en train de ranger l'ULM. Ce serait bien, on pourrait aller se promener ensemble !

Manifestement, les deux esprits-fantômes ont apprécié la balade. Plus encore que Myrta qui, elle, n'en était pas à son coup d'essai.

— Bien sûr ! J'adorerais ça et mon père m'a promis qu'il m'apprendrait dès que ce serait possible. Mais il y a un âge minimum et je ne l'aurai pas encore atteint cette année.

— Tu me disais quelque chose ? demande alors son père qui sort du hangar. Désolé, j'étais trop loin et je n'ai pas entendu.

— Oh ! Ce n'est rien ! Je disais juste que la promenade avait été formidable. Merci Papa ! Mais, dis-moi... le terrain qu'on a survolé, c'était bien celui du futur hippodrome ?

— Oui, c'est ça. Le propriétaire, Monsieur Degallery, est un homme qui n'a pas de soucis d'argent, apparemment. Il m'a loué l'avion-taxi pour s'y faire conduire à quelques reprises et, du coup, j'y suis allé plusieurs fois ces derniers temps.

— Il n'aurait pas pu venir en train ou en voiture ? demande Myrta.

— Oui, bien sûr. Mais en avion, c'est plus rapide. Et ce n'est pas moi qui vais me plaindre de ça, pas vrai ? Après tout, chacun dépense son argent comme il veut et, s'il fait marcher mon entreprise, c'est tant mieux !

Ils se dirigent ensuite vers la voiture : il est bientôt six heures, et il leur faut se dépêcher, s'ils veulent passer prendre Douglas à Beaugenval et arriver ensuite à Fontebelle à temps pour le dîner.

Et c'est à ce moment-là que Myrta se souvient de la visite que lui a annoncée Rapha. Elle a complètement oublié de le prévenir que, s'il venait à ce moment-là, ce serait le moment où elle serait en train de manger !

Chapitre 10

« *Tea Time* »

Lorsqu'ils arrivent devant la maison, il est six heures et demie pile. Comment ont-ils fait ? Mystère ! Monsieur Desforest, le père de Myrta, respecte toujours les limitations de vitesse mais il a limité au maximum le temps perdu. C'est ainsi qu'ils ont pris Douglas quasiment au vol à la sortie de la séance d'entraînement, sans lui laisser le temps de saluer personne ni même celui de reprendre ses esprits.

— Bonsoir ! Et bravo pour le timing ! C'est vraiment parfait. Vous arrivez juste à temps pour le dîner. Le thé n'est pas encore servi mais dans quelques minutes ce sera fait.

Le thé ? Bah, on ne va quand même pas boire du thé, non ?

À côté de Myrta, Zombinina éclate de rire sans se cacher. Évidemment, elle n'a pas besoin de faire semblant, elle, puisque personne ne la voit à part Myrta qui lui lance un coup d'œil un peu énervé.

En même temps, Douglas entre dans son champ de

vision et elle s'aperçoit que lui non plus n'a pas vraiment l'air ravi. Déjà, quand il a appris que, en son honneur, le dîner aurait lieu à six heures trente, il n'avait pas débordé d'enthousiasme. D'après lui, lorsqu'on visite un pays étranger, il est important de découvrir les habitudes locales et lui-même n'aurait pas été fâché de découvrir les coutumes françaises en matière de repas et de petits plats bien cuisinés. Mais là, il était trop tard pour rien changer, lui avait dit Eric Desforest, car Evarista était ravie à l'idée de lui faire une bonne surprise et tout était déjà prêt.

— Merci beaucoup ma chérie ! Mais il ne faudrait pas trop mettre la pression à notre invité, n'est-ce pas ? Il a passé tout l'après-midi à lancer des troncs et autres cailloux, alors il a peut-être envie de passer par sa chambre avant de dîner.

Douglas n'hésite pas une seconde à accepter la proposition du père de Myrta et s'empresse de filer à l'anglaise (ou plutôt, « à l'écossaise ») en direction de l'étage.

De son côté, Zombinina se dit sans doute qu'elle aussi prendrait bien un peu de repos après toutes les émotions de l'après-midi, car elle fait un signe de la main à Myrta et, en même temps que Griffou, elle s'évapore.

— Eh bien, tant mieux ! dit Evarista contre toute attente. J'avoue que je suis un peu en retard. Ça m'a donné un mal fou de préparer ces plats écossais !

En voyant l'air stupéfait de son mari et sa fille, elle se dépêche de préciser :

— Non, n'ayez pas peur, je n'ai pas fait que des plats

écossais. J'ai fait un mélange de cuisine française et écossaise ! Comme cela, il découvrira la cuisine française sans pour autant être dépaysé.

Un mélange ? Myrta et son père échangent un regard inquiet mais ils n'ont pas le temps de demander plus de précisions car, à ce moment-là, ils entendent la sonnette retentir à l'entrée.

Oh ! Zut ! C'est Rapha ! se dit Myrta. Finalement, elle n'a pas eu le temps de le prévenir. D'habitude, elle est ravie quand il vient la voir mais, là, elle se demande comment elle va bien pouvoir se débrouiller.

— Myrta ! C'est pour toi !

Evarista est allée ouvrir et a fait entrer Rapha qui se rend bien compte qu'il se passe quelque chose d'inhabituel : à chaque fois qu'il est passé chez Myrta, à la sortie des cours, il n'y avait personne à part elle.... et Zombinina, mais ça, il ne pouvait pas le deviner.

— Je dérange peut-être ? demande-t-il à Evarista.

— Oh, non ! Pas du tout ! Nous allions juste passer à table.

Rapha fronce les sourcils, un peu étonné, sans oser regarder sa montre.

Mais Evarista, qui est un peu débordée, a alors une super idée.

— En fait, tu tombes à pic ! Tu vas aider Myrta à mettre la table et, ensuite, tu prendras le thé avec nous. Tu parles anglais, n'est-ce-pas ? Eh bien, tu verras, cela va être très sympathique : nous avons justement un invité écossais.

Sans avoir pu dire un mot et sans savoir comment, Rapha se retrouve propulsé dans la salle à manger, avec Myrta qui ne sait plus où se mettre. Quant à Monsieur Desforest, il a préféré renoncer à intervenir et s'est sauvé discrètement, le temps que les choses s'arrangent d'elles-mêmes.

— Je suis vraiment désolée... Je n'ai pas pu te prévenir, et puis...

Myrta essaye de bredouiller quelques excuses mais Rapha l'interrompt.

— Dis donc, elle est spéciale, ta mère ! Elle est toujours comme ça ? Au moins tu ne dois pas souvent t'ennuyer !

Comme il a son petit sourire en coin, Myrta sourit elle aussi et désigne la table couverte d'une nappe qui, pour l'instant, est à peu près vide.

— Je crois que tu n'as pas le choix : il faut que tu m'aides à mettre le couvert !

— À une seule condition : je reste, ok, mais personne, même ta mère, ne pourra m'obliger à boire du thé.

Finalement, ce que sa mère a appelé « *Tea time* » pour faire plaisir à son invité, se passe plutôt bien. Et même très bien, en fait ! Le mélange fantaisiste de spécialités écossaises et françaises est tout à fait réussi et a le mérite de surprendre tout le monde. Les « œufs à l'écossaise » qui lui sont servis n'ont manifestement pas grand-chose à voir avec ce que Douglas a l'habitude de manger et il leur trouve un petit charme étrange et exotique. Peut-être est-ce parce qu'Evarista les sert avec une sauce au vin qui, elle, est typiquement française ? Bien sûr, c'est le thé qui a finalement failli tout gâcher. Evarista l'a complètement loupé et, du coup, il est imbuvable. Mais cela a pour résultat de rendre service à tout le monde : au bout du compte, personne ne tenait à boire du thé, et Douglas encore moins que les autres !

— Il est vraiment sympa ce Douglas, et il parle drôlement bien français !

Il est sept heures et demie. Evarista a aimablement autorisé Rapha et Myrta à s'éclipser, ce qu'ils ont fait sans tarder pour pouvoir enfin discuter tranquillement à l'étage.

— Oui, c'est vrai, répond Myrta, et c'est d'autant plus étonnant que le premier jour il n'a voulu parler qu'en anglais ! La timidité, je suppose...

— Aujourd'hui, pendant la séance d'entraînement, il a été formidable. On ne croirait pas que c'est un champion de niveau olympique. Il a été super patient, même avec ceux qui débarquaient complètement et n'avaient pas l'air d'être des surdoués.

Ils arrivent en haut de l'escalier et Myrta ouvre la porte de sa chambre. Pour se rendre compte immédiatement que, pendant que tous dînaient en bas, Zombinina n'a pas perdu son temps. L'ordinateur de Myrta est allumé et les onglets qui sont ouverts sur le navigateur donnent une idée assez précise de ses centres d'intérêt : Facebook, Youtube, et plusieurs blogs de mode. Zombinina elle-même, qui est assise sur la chaise devant le bureau, lève le nez de la page qu'elle était en train de consulter et lui fait un petit salut décontracté.

— Ah ! Zut alors ! Désolé, je n'avais pas vu…

Rapha vient de shooter dans un bol de lait qui se trouvait sur le sol en plein milieu du chemin. Heureusement, le bol était presque vide et il ne s'est pas cassé en tombant sur la moquette. Rapha le ramasse et, un peu gêné, le tend à Myrta qui est devenue toute rouge.

— Alors comme ça… tu aimes le lait ?

— Euh… Oui, j'en prends des fois… Pour le goûter…

Myrta, qui en fait n'aime pas ça du tout, est furieuse d'avoir à raconter ces âneries, d'autant plus que Zombinina a l'air de trouver son embarras plutôt drôle. Si ce n'était à cause de Griffou, qui a encore des gouttes de lait sur ses moustaches, elle pourrait même prendre ça mal. Surtout que, après sa mère qui a fait une drôle d'impression sur Rapha, ce n'est pas le moment d'en rajouter.

Mais Rapha va s'asseoir sans façons sur le fauteuil près de la fenêtre, manquant d'écraser Griffou qui bondit en miaulant et va se réfugier sur l'oreiller de Myrta.

Il ne regarde même pas en direction de l'ordinateur (Ouf !) et demande à Myrta comment s'est passée sa journée.

— Au fait, ça c'est bien passé, les courses avec les

autres, cet après-midi ?

— Oh ! Finalement je n'ai pas pu y aller. Mon père est venu me chercher et il m'a emmenée faire un tour en ULM.

— Ah ! Ça c'est formidable ! Ça doit être vraiment bien d'avoir un père qui est pilote ! D'ailleurs il est drôlement cool lui aussi.

— Hmm. Tu as raison. Il est super. Et le tour en ULM c'était génial. On est allés près du château, tu sais ? Un peu plus et on aurait presque pu vous voir, en fait !

— Vraiment ? Je n'ai pas vu d'ULM cet après-midi. Mais c'est vrai qu'on n'a pas eu le temps de flâner. Ah ! D'ailleurs il faut que je te raconte... En fait, c'est un peu pour ça que je suis venu ce soir...

Myrta se souvient en effet du message énigmatique qu'il lui a envoyé sur son portable.

— C'est à propos de Lucas ?

— Oui. Il s'est passé un truc vraiment trop bizarre. Voilà...

Myrta attend, car Rapha cherche ses mots pour expliquer ce qui s'est passé et qui lui a semblé si étrange.

— Douglas nous a fait des démonstrations, tu sais... Les différents lancers de pierre, en hauteur, en longueur... Et aussi, le lancer du marteau. Et puis, après, il nous a montré comment on fait pour le lancer de troncs.

— C'est quoi exactement, ce truc-là ? Il faut les envoyer le plus loin possible ?

— Euh, non. Pas exactement. C'est plutôt compliqué.

En fait, il faut déjà soulever le tronc tout droit et c'est pas facile, tu imagines. Ensuite il faut prendre son élan, courir en le tenant et puis le lancer de façon à ce qu'il se retourne aussi droit que possible.

— Eh bien, c'est tout un programme, ça. Ça doit être rigolo à voir. Mais, bon, le faire, ça doit pas être de la tarte.

— Ben non. On n'arrivait déjà pas à soulever le tronc sans le faire tomber. Et pourtant on n'avait pas la version balèze qu'ils utilisent. Pour nous, c'était plutôt le modèle réduit. Mais, et c'est ça que je voulais te dire, on a eu la méga surprise quand ça a été le tour de Lucas...

Pendant que Rapha est en train de parler, Myrta remarque que Zombinina qui, heureusement, ne touche plus à l'ordinateur (il ne manquerait plus que ça, d'ailleurs !), s'est retournée et écoute avec attention ce que le garçon raconte.

— ... Au lieu de faire comme nous tous, c'est-à-dire commencer par essayer de soulever le tronc pour le laisser tomber trente secondes après, il a réussi, non seulement à le soulever sans effort apparent mais aussi à courir avec et à le jeter. Bon, après, il n'a pas réussi à le retourner : le tronc est tombé n'importe comment. Mais quand même, c'est mille fois mieux que ce qu'on a fait. Douglas lui-même en a été complètement bluffé. Il paraît qu'il n'avait jamais vu ça et que Lucas a réussi un truc que, normalement, on ne peut réussir qu'après avoir eu pas mal d'entraînement.

— Et Lucas n'en avait jamais fait avant ?

— Non, jamais. Bon, après, on peut toujours supposer

que c'est la chance du débutant mais... c'est quand même très bizarre, non ? On peut dire en tout cas qu'il est super doué.

Myrta hésite avant de répondre. Lucas, un athlète ?

— Hmm. Oui. C'est vrai que c'est bizarre, je ne savais pas que Lucas était si doué en sport.

— Oui, moi non plus. D'habitude il n'est pas à fond dans le sport et puis... il n'est pas inscrit à l'Association Sportive. Mais il n'y a pas si longtemps qu'il est arrivé au collège. Peut-être que s'il avait vraiment eu l'occasion d'en faire ce serait un champion.

— Oui, ça paraît vraiment bizarre, quand on y pense. Pour moi, Lucas c'est plutôt le mec doué en sciences... Je ne le voyais pas en sportif de haut niveau... Et pas du tout en champion de lancer de troncs, pour tout dire !

La seule idée de Lucas lançant des troncs la fait sourire et elle ajoute :

— Tu te rends compte, quand Clémence saura ça ? Déjà qu'elle rêvait de vous voir en kilt !

Là c'est Rapha qui éclate de rire. Puis, quand ils retrouvent leur calme, il ajoute finalement :

— Voilà ! Il fallait que je raconte ça à quelqu'un, c'était tellement une surprise... Mais toi, alors, ta balade en ULM, ça a l'air d'avoir été intéressant, non ?

Myrta repense à ce qu'elle a fait l'après-midi. Elle aussi aimerait parler à Rapha de ce qui l'a le plus marquée : sa rencontre avec les revenants, les choses extraordinaires qu'ils lui ont dites... Et elle se rend compte, une fois de plus, qu'être Clairvoyante n'a pas que de bons côtés. Elle aimerait tant partager avec les autres cette partie de sa vie !

— Oui, se contente-t-elle de répondre. Ce qui était magnifique, c'était de voir le château, c'est encore plus impressionnant vu de haut. Ça donne envie de mieux le connaître. D'ailleurs, je me rends compte que je ne sais pas grand-chose de son histoire, en fait. Je me demande qui y a vécu et pourquoi il est en ruines aujourd'hui...

Là, Rapha est à son affaire. L'histoire, c'est ce qui le branche le plus à part le sport.

— Tu as raison de t'y intéresser. C'est un château qui a une histoire fantastique ! Il date d'avant la guerre de Cent Ans, à l'époque où les Anglais possédaient une grande partie de la région. C'était une place forte importante et il y a eu des batailles assez violentes quand il a été assiégé. D'ailleurs, ça se voit encore aujourd'hui : c'est pour ça qu'il n'est pas en super état.

— Il a été assiégé ? Et tu sais quand ça s'est passé ?

— Hmm. Oui. C'était en 1371. Bon, je n'ai aucun mérite à le savoir : c'est marqué sur la plaque de la Place Du Guesclin, parce que c'est lui qui a assiégé la ville.

Myrta se souvient maintenant : la Place Du Guesclin, c'est justement celle où elle a attendu son père cet après-midi. Elle se promet que, la prochaine fois, elle pensera à regarder la plaque elle aussi ! Et, d'un seul coup, il lui vient une autre idée.

— Au fait, dis-moi. Tu sais s'il y avait des Écossais

parmi les chevaliers de Du Guesclin ?

Et, comme sa question pourrait paraître bizarre, elle ajoute :

— Parce que, ce jumelage avec une ville d'Écosse, les *Highland Games*, tout ça... je me demande si ça a quelque chose à voir avec l'histoire.

Cette fois, Rapha est pris de court. Il réfléchit un instant puis répond :

— Eh bien, je ne sais pas trop... Il faudrait que je me renseigne mais, tu as raison, c'est une bonne question. La seule chose que je peux dire, c'est que ça n'aurait rien d'étonnant, à cause de la Auld Alliance.

— La Auld Alliance ? Et c'est quoi, ça ?

— Oh ! Une alliance qui remonte un peu à la nuit des temps entre l'Écosse et la France. Elle a duré extrêmement longtemps et, du coup, il y a eu des Écossais dans l'armée des rois de France pendant des siècles. En fait « *auld* », c'est pareil que « *old* » en anglais, ça veut dire « ancienne ». On dit même que, à cette époque-là, tous les Écossais avaient droit automatiquement à la nationalité française s'ils le voulaient !

— Wouaouh ! Trop cool ! Enfin bon, aujourd'hui, avec l'Europe c'est un peu la même chose, dans le fond.

Rapha regarde alors sa montre. Il est un peu plus de huit heures.

— Bon, faut que j'y aille. Demain on a encore une journée chargée, et puis... je ferai peut-être quelques recherches ce soir sur Du Guesclin et les Écossais.

Et il ajoute avec un sourire :

— Ce qui est bien, avec cette histoire de « *Tea Time* », c'est que, quand on dîne plus tôt comme ça, on a encore plein de temps libre après le dîner.

— C'est vrai, répond Myrta. D'habitude on finit toujours trop tard pour pouvoir faire autre chose.

— Oui... Alors en fait, du coup j'ai pensé à un truc. On pourrait peut-être faire une sortie tous ensemble demain soir ? Aller au ciné, par exemple, s'ils ont un film bien...

— Super ! Peut-être qu'ils passent la suite du « Vrombissement zombie » ?

Tous les deux éclatent de rire au souvenir du film de série B qu'ils ont vu ensemble, il n'y a pas si longtemps.

— Bon, répond Rapha, on verra ce qu'ils passent au ciné et on demandera leur avis aux autres.

Ils sortent tous deux de la chambre et se dirigent vers l'entrée. Quand ils passent devant la salle à manger, ils voient que Douglas est encore en train de discuter avec les parents de la jeune fille. Lorsque le père de Myrta lui propose de le raccompagner en voiture, Rapha, qui est venu en scooter, refuse poliment la proposition.

— En fait, dit-il à Myrta à voix basse juste avant de s'en aller, ce n'est pas la peine de me raccompagner en voiture mais, un de ces quatre, tu pourras peut-être me proposer de faire un tour en ULM avec toi. Alors là, je ne dirai pas non !

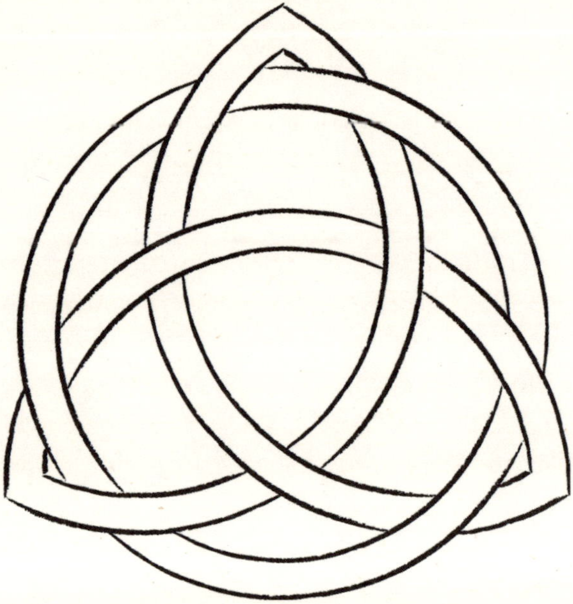

Chapitre 11

Le Triquetra

— Ah ! Tu as vu ! J'avais raison. Je te l'avais bien dit !

Myrta vient à peine de revenir dans sa chambre que Zombinina lui lance cette affirmation énigmatique d'un ton triomphant. Comme elle commence à bien connaître son amie fantôme, elle prend le temps, avant de lui répondre, de s'installer confortablement sur le fauteuil que Rapha occupait tout à l'heure. Griffou vient immédiatement s'installer sur ses genoux et, pour leur plus grand plaisir à tous deux, elle se met à le caresser tranquillement : c'est qu'on est bien, chez soi, après une journée longue et mouvementée !

— Bon... Alors, tu voulais me parler de quoi, exactement ?

— Mais de Lucas, bien sûr, dit Zombinina d'un ton impatient. Je te l'avais dit, qu'il était bizarre, et là, ça vient de se confirmer.

Zombinina n'a pas tort, en fait. Depuis qu'elle l'a rencontré la première fois, l'esprit-fantôme a remarqué que

Lucas n'était pas tout à fait comme les autres. Et elle s'en est méfiée.

— On avait dit que c'était peut-être un Clairvoyant, lui aussi, mais qu'il n'avait pas passé le cap[4], en tout cas, pas encore..., rappelle Myrta.

— Oui, c'est vrai, on a compris ça quand il t'a dit qu'il cachait ses yeux derrière des lentilles de contact, pour qu'on ne remarque pas leur couleur bizarre. Le problème c'est que... normalement, un Clairvoyant, ça a un tas de pouvoirs spéciaux mais pas ceux de Superman ! Les Clairvoyants ne sont pas censés jeter les troncs comme si c'étaient des allumettes !

— Eh bien, intervient Myrta pour calmer son amie, tu ne crois pas que tu exagères un peu ? D'abord, je te signale qu'il a quand même eu un peu de mal avec ce fameux tronc ! Rapha a dit qu'il n'a pas réussi à le retourner. Et puis, peut-être que, tout simplement, il est particulièrement fort et que ça n'a rien à voir avec cette histoire de Clairvoyant !

— Hmm, répond Zombinina d'un air sceptique. Je trouve quand même que c'est louche. Je pense que ça doit cacher quelque chose.

Myrta hausse les épaules d'un air impuissant.

— Dans ce cas, si tu as une explication à donner, n'hésite pas, je t'écoute.

C'est au tour de Zombinina de ne pas savoir quoi dire.

---

4. Passer le cap, c'est, pour une personne aux yeux vairons, se transformer en Clairvoyant et obtenir le pouvoir de voir le monde des esprits.

— Eh bien… non, je ne vois pas d'explication logique. Mais je crois simplement que, tant qu'on ne sait pas exactement ce qu'il en est, il faut continuer à faire attention.

— Bon. Mais, en attendant, on n'oublie pas que c'est un ami et que, les amis, pour moi c'est sacré, on n'y touche pas. D'accord ?

Zombinina fait un signe de tête qui veut dire qu'elle est d'accord avec son amie. Pour l'instant, plus question de critiquer Lucas. Elle change donc de conversation.

— À propos d'amis je te signale que Laura et Clémence étaient sur Facebook tout à l'heure. Elles voulaient discuter avec toi depuis un moment mais, maintenant, elles sont parties.

— Ah, zut ! Elles ont dû se demander pourquoi je ne voulais pas leur parler. Comme tu as allumé l'ordi et ouvert la page, elles ont cru que j'étais là.

— Et c'est grave ? demande Zombinina d'un air déconfit.

— Non, pas du tout. Il faudra juste que je leur explique, demain, pourquoi j'étais là sans y être…

— Eh bien, si tu dois leur parler de Facebook, il vaut mieux que tu saches que tu as mis « j'aime » à plusieurs de leurs trucs.

— Ah bon, j'ai fait ça, moi ? Première nouvelle. Tu sais que tu exagères un peu, Zombinina ?

Zombinina balaye le reproche d'un geste désinvolte et reprend.

— Tu as mis « j'aime » à ces trucs parce qu'il y avait une

bonne raison ! Et, d'ailleurs, elles aussi ont mis « j'aime » à ce que tu as partagé. Il fallait bien leur rendre la pareille, non ?

— Ce que j'ai partagé ? Mais de quoi tu parles, là ? Tu m'inquiètes !

Myrta se lève, pose Griffou sur le lit et vient constater elle-même l'étendue des dégâts. Elle prend la souris, clique et fait défiler sa page.

— Le « Triquetra » ? Mais c'est quoi ce nom bizarre ? Ne me dit pas que j'ai posté une vidéo sur ça ?! C'est la honte, là !

— Ah, mais ne t'énerve pas comme ça ! Tu ne sais même pas ce que c'est ! Et, si tu te donnais la peine de regarder, tu verrais que c'est passionnant.

— Alors là, ça m'étonnerait !

Myrta est vraiment consternée. Le pire, c'est que tout le monde va pouvoir regarder ce que Zombinina a posté en croyant que c'est elle qui l'a fait. Non seulement Clémence et Laura, qui apparemment ont l'air d'apprécier, mais aussi Rapha, Lucas, sans compter tous les autres copains du collège. Et, d'un coup, elle se dit que, oui, il faut absolument ouvrir un compte Facebook à Zombinina. Comme ça, au moins, elle arrêtera de squatter le sien.

Elle soupire et ajoute d'un ton résigné :

— Bon. D'accord. Explique ce que c'est, ce fameux « Triquetra », et pourquoi c'est si passionnant que ça.

Zombinina semble soulagée. Elle commence alors son explication avec enthousiasme.

— Eh bien c'est parfait. Comme ça, demain, si les filles t'en parlent, tu seras au courant de tout. Le truc que j'ai posté, c'est un tuto de *nail art*. Pour expliquer comment on peut se faire des triquetras sur les ongles avec du vernis.

Alors là, comme truc nul, elle n'aurait pas pu mieux faire ! Si Rapha voit ça, il va me prendre pour une folle, pense Myrta.

— Mais non, je t'assure, répond Zombinina. Quand Rapha verra ça, il trouvera que c'est tout simplement génial.

Une telle affirmation ne mérite même pas qu'on y réponde. Et Myrta se contente de lever les yeux au ciel d'un air exaspéré.

— Il faut que je t'explique depuis le début, reprend l'esprit-fantôme. Tu sais que Clémence s'est passionnée pour le *nail art*, n'est-ce-pas ? Alors, du coup, Laura s'y est mise aussi. Elles ont dit, sur leur page, qu'elles avaient acheté plein de nouveaux vernis et pinceaux. La différence c'est que Clémence cherche à faire des motifs écossais, comme le tartan, mais Laura préfère les motifs irlandais.

— Oui, d'accord, je comprends, intervient Myrta qui commence à perdre patience. Elles adorent se mettre du vernis à ongles. C'est cool. Mais je ne vois pas ce qui peut nous intéresser là-dedans.

— J'y viens, ne t'énerve pas ! Comme elles ont posté des vidéos là-dessus, moi aussi, j'ai fait des recherches de mon côté. J'ai cherché des motifs celtiques, et là, bingo ! Tu ne devineras jamais ce que j'ai trouvé !

— Ah, ça, non. Je crois qu'il n'y a aucune chance...

— Tu te souviens de l'épée de Ian MacGregor ?

D'un seul coup, Zombinina réussit enfin à éveiller la curiosité de Myrta qui se met à l'écouter d'un air moins blasé qu'avant.

— Je pense que tu as remarqué les motifs qu'il y avait dessus. Il y avait des symboles bizarres... Je ne savais pas ce que c'était mais je me souviens très bien de ce à quoi ça ressemblait.

Myrta s'en souvient aussi très bien. Des motifs celtiques compliqués qui, sur le moment lui ont paru étranges, comme s'ils avaient eu un pouvoir magique.

— Eh bien voilà, c'est justement ces motifs que j'ai retrouvés en cherchant des idées de déco pour les ongles de Laura et Clémence. Et le principal s'appelle « un triquetra ».

Elle dit cela d'un ton triomphant et, du coup, Myrta l'interroge :

— Et alors, ça a quoi de particulier, un « triquetra » ?

— Figure-toi que ce signe-là, c'est justement celui qui symbolise l'alliance, traditionnellement, dans le monde celte. Donc aussi pour les Écossais, bien sûr ! Et l'alliance, je suppose que ça te dit quelque chose maintenant, non ?

— L'alliance... Tu veux dire la « Auld Alliance » ?

— Oui, c'est exactement ça ! Bon, en fait, le triquetra, ça symbolise l'alliance entre trois groupes, trois personnes... et, dans le cas de la Auld Alliance, Rapha nous a dit que c'était seulement entre la France et l'Écosse. Mais, du coup, j'ai fait une recherche sur Internet et j'ai trouvé que, tout au début, il y avait bien un troisième pays, la Norvège, qui avait signé le traité... donc ça colle parfaitement, tu vois !

Ah ! Oui, en effet, c'est très intéressant ça... Mais... Myrta secoue la tête et demande alors :

— Bon. Le triquetra, c'est donc le signe qu'on a vu sur l'épée de Ian MacGregor. C'est un signe qui pourrait symboliser la Auld Alliance. Mais, ça nous avance à quoi, exactement, de savoir ça ?

Zombinina, d'un seul coup, a l'air moins enthousiaste.

— Eh bien... Euh... Je ne sais pas trop, pour l'instant. Mais ça peut toujours être utile, comme information, non ? Et puis, surtout...

Là, sa voix devient nettement plus convaincue.

— ... surtout, ça fait vraiment des dessins superbes, pas si difficiles à faire avec du vernis !

Myrta regarde Zombinina avec consternation. Elle se demande ce qu'elle peut bien répondre à une telle affirmation quand elle entend que quelqu'un frappe à la porte de sa chambre.

— Myrta ? Je peux entrer ?

C'est la voix de sa mère. Elle ouvre la porte et Evarista, manifestement de très bonne humeur, entre dans la pièce.

— Je ne te dérange pas, au moins ? J'ai entendu que tu parlais à quelqu'un, tu as peut-être quelqu'un en ligne ?

— Hmm, non, pas du tout... J'étais en train de bavarder sur Skype mais je viens juste de raccrocher.

— Ah, d'accord. Je n'aurais pas voulu t'interrompre.

Elle avance en direction du lit, remarque que l'oreiller est tout froissé et le tapote pour bien le remettre en place. Puis, machinalement, elle ajuste le dessus de lit pour en enlever les plis ; tout cela sans se rendre compte que son manège provoque le mécontentement de Griffou, qui la gratifie de miaulements irrités et, par prudence, va se réfugier sous le lit.

— Alors, finalement, ça s'est bien passé, le repas ? Qu'est-ce que tu en penses ? demande-t-elle enfin à sa fille.

Myrta comprend que sa mère est venue chercher des félicitations et des encouragements. C'est vrai qu'elle n'a pas si souvent des invités à la maison : avec son travail de prof à l'université elle est presque toujours débordée. Quand il y a des invitations à faire, la plupart du temps, elle et son mari préfèrent réserver dans un bon restaurant en ville. Mais là, elle s'est donné du mal et c'était réussi.

— C'était vraiment super, Maman. Je crois que tout le monde a aimé le repas et, en plus, c'était vraiment sympa comme ambiance. J'ai l'impression que Douglas s'entend bien avec toi et Papa.

— C'est vrai ! Il a beaucoup d'humour et a beaucoup de choses à raconter. Mais ton ami aussi est très sympa. D'ailleurs, Douglas nous a dit qu'ils avaient fait connaissance à Beaugenval. C'est un sportif, n'est-ce pas ?

Allons bon. Est-ce qu'Evarista aurait commencé à mener sa petite enquête sur Rapha ? Myrta sourit et répond sans trop s'engager :

— Oui, il est plutôt sportif. Il est dans la même classe que moi, au collège.

— Ah bon ? Il faudra l'inviter plus souvent, alors...

Comme Evarista a continué machinalement à faire le tour de la chambre, arrangeant les rideaux ou déplaçant des objets qui n'ont aucun besoin d'être rangés, elle arrive à ce moment-là devant la table de travail où, à côté de l'ordinateur, se trouvent pêle-mêle crayons, papiers et tout ce qui constitue le bazar indispensable à la vie quotidienne de Myrta.

En voyant la mère de Myrta s'approcher, Zombinina s'est prudemment éloignée elle aussi. En ce moment, elle se trouve appuyée contre la fenêtre et, les bras croisés, observe Evarista d'un air méfiant. Myrta ne peut pas s'empêcher de sourire en pensant que Zombinina va peut-être finir par se cacher sous le lit, elle aussi.

— Oh ! Mais c'est là qu'ils étaient passés ! Je croyais les avoir perdus !

De quoi parle-t-elle ? Myrta s'approche, perplexe, et constate avec horreur que, à côté de son ordinateur allumé et ouvert sur une page de tuto de *nail art*, se trouvent tout un tas de flacons de vernis à ongles de toutes les couleurs.

À ce moment-là, se déclenche une vidéo qui vient de finir de se télécharger et on n'entend plus dans la pièce que la voix pleine d'entrain d'une blogueuse expliquant comment faire pour dessiner des signes cabalistiques sur des ongles laqués.

Myrta se précipite pour arrêter la vidéo mais c'est trop tard. Le mal est fait.

— Tu t'intéresses au *nail art* ? Mais je ne savais pas du tout ! C'est vraiment super, j'adore ça, lui dit sa mère avec un grand sourire. Moi je ne peux pas le faire, parce que je ne pourrais pas arriver à l'université avec des ongles décorés. C'est bête à dire, mais ça me ferait perdre une partie de mon autorité. Par contre je trouve que ça t'irait vraiment bien...

La mère de Myrta semble tout à fait ravie de voir que sa fille s'intéresse enfin à quelque chose d'aussi fun que le vernis à ongles. Elle jette un coup d'œil à l'écran de l'ordinateur, qui est resté figé sur l'image de la blogueuse brandissant d'une main un flacon de vernis et de l'autre l'image d'un triquetra.

— ... et ce dessin celtique, c'est vraiment très classe, tu as bien choisi. J'aimerais bien que tu me montres le résultat, quand tu l'auras fini. Bon, eh bien... Je vais te dire bonne nuit, j'ai encore un tas de choses à faire !

— Tu veux que je t'aide à ranger ? demande Myrta.

— Non, non... ce n'est pas la peine. Par contre...

Elle hésite un peu avant d'ajouter :

— ... ce serait bien une autre fois si tu me prévenais avant de m'emprunter mes affaires, d'accord ? Et n'oublie pas de tout remettre en place quand tu auras fini.

Après avoir dit ces derniers mots, elle embrasse sa fille et sort de la chambre.

Et Myrta se retrouve seule tout à coup. Elle a beau regarder autour d'elle, chercher derrière les rideaux et sous le lit... elle ne voit plus Zombinina et Griffou, qui ont complètement disparu. Mais faut-il s'en étonner ?

Il est clair que la jeune fantôme a dû trouver plus prudent de s'éclipser et d'attendre, pour se montrer de nouveau, que la colère de Myrta soit passée.

Chapitre 12

Le tremblement de terre

Vendredi matin

— C'est pas cool du tout ça ! Tu aurais dû nous montrer avant de tout enlever !

Ce matin, Clémence est arrivée avec Laura, pleine d'enthousiasme, disposée à échanger des infos sur les mille et une façons de se maquiller les ongles. Et, surtout, sur la façon dont on doit s'y prendre pour tracer les courbes compliquées d'un triquetra sur une surface qui fait à peine plus d'un centimètre carré. Mais, déception, Myrta est arrivée avec des ongles démaquillés.

— Je vous l'ai dit, finalement ce n'était pas si facile que ça. J'ai fait des bêtises et, plutôt que d'avoir des ongles tout moches, j'ai préféré avoir des ongles tout propres, voilà !

Laura, elle non plus, n'est pas très contente.

— Eh bien, franchement, tu aurais pu nous le dire, hier, au lieu de nous laisser croire que toi tu y arrivais sans problème. J'ai passé un temps infini à faire des tentatives plus ratées les unes que les autres. Enfin bon, finalement j'en suis revenue aux trèfles irlandais. Il n'y a rien de mieux, vous ne trouvez pas ?

Et c'est vrai que ce qu'elle montre est vraiment très joli : ses ongles se parent d'une belle couleur vert pâle où s'étalent les pétales verts foncés de trèfles parfaitement dessinés.

— Vous avez vu, dit-elle, ce sont de vrais trèfles irlandais, ils n'ont que trois feuilles comme le veut la tradition !

— Moi aussi, j'ai fait des trèfles, comme toi, dit Clémence qui montre ses doigts avec fierté, mais les miens sont des trèfles à quatre feuilles, ils portent bonheur !

— Salut les filles ! Eh bien j'espère que vos trèfles nous porteront bonheur parce que, apparemment, on va en avoir besoin...

C'est Lucas, qui vient juste d'arriver avec Rapha, qui a fait cette remarque surprenante.

Les cinq amis échangent saluts et bises puis les trois filles demandent des explications à Lucas.

— Pourquoi dis-tu qu'on va avoir besoin de chance ?

— Vous n'êtes pas au courant ? leur dit alors Rapha. Tous les gens de Beaugenval ne parlent que de ça ce matin... Il paraît qu'il y a eu un tremblement de terre dans la nuit.

Les filles sont venues en voiture. Myrta accompagnée par son père et Laura et Clémence avec la mère de cette dernière. Elles se sont donc retrouvées directement sans voir personne d'autre.

— Hmm. Non, on n'était pas au courant, dit Laura. Un tremblement de terre, c'est super rare, ça ! C'était grave ?

— Non. Pas trop. Il paraît que ça a fait une sorte de grondement assez impressionnant et certains ont même senti le sol bouger.

Rapha complète ce que vient de dire Lucas :

— En plus, on ne sait pas si ça a un rapport, mais ce matin on a trouvé deux troncs de cassés. Comme le début des jeux a lieu demain, c'est un peu la panique parce qu'il faut en trouver de la bonne taille et qui conviennent parfaitement. C'est pas facile, à la dernière minute. Et puis, les organisateurs commencent à trouver que ça fait beaucoup d'accidents en peu de jours.

— Bon, malgré ça, il y a de bonnes nouvelles, dit Lucas. On nous a dit ce matin que, comme on avait tous bien travaillé jusque-là, on serait libérés un peu plus tôt que d'habitude. On aura fini vers onze heures, ce qui fait qu'on pourra aller en ville voir le défilé des *pipe bands* si on veut.

— Les *pipe bands*, tu veux dire les groupes de musiciens avec des cornemuses ?

Clémence a l'air ravie à l'idée de pouvoir assister à ça.

— Oui, répond Lucas, avec des cornemuses. Et, en plus, tu vas voir, ça va te plaire : les *pipers* sont tous en kilt !

Toute la matinée se passe pour Myrta, ses amis et

quelques autres bénévoles à disposer des tables et des chaises sur l'esplanade, à l'endroit où, dès le lendemain, il y aura un espace buvette et restaurant pour les visiteurs.

Vers dix heures et demie, presque tout est terminé et Myrta s'installe sur une chaise en face de ce qui servira de scène pour les danseurs des différents groupes invités.

— Alors, c'est là que vous allez danser, demain et dimanche ? demande-t-elle à Laura, qui n'a pas de répétition ce matin et a décidé de venir les aider.

— Oui, c'est ça. C'est l'une des deux scènes qu'il y a dans la ville, en tout cas.

— C'est chouette, j'espère que j'aurai l'occasion de vous voir au moins une fois !

Laura, qui a fini elle aussi, s'installe à côté de Myrta.

— Oh ! Tu auras certainement l'occasion de me voir plus d'une fois. On va se produire ici à plusieurs reprises et puis on dansera aussi dans les rues, pendant les défilés. Tu verras, il y aura toujours quelque chose à voir ou à faire : sur le terrain devant le château, les athlètes font les épreuves pour les jeux. En même temps, il y a des *pipe bands* qui jouent et défilent un peu partout dans la ville et il y a aussi des spectacles de danse… Il n'y a pas moyen de s'ennuyer.

— Et comment le sais-tu ? demande Myrta. On te l'a raconté ?

— Non. En fait, je suis venue assister aux jeux il y a deux ans, avec mes parents. J'avais vraiment aimé. Et… c'est après ça que j'ai eu envie de faire de la danse moi aussi !

Clémence, qui s'est approchée à son tour, écoute avec curiosité. Et, d'un coup, elle se souvient de ce que Laura a raconté deux jours plus tôt.

— Finalement, est-ce que vous avez su ce qui s'était passé pour l'histoire du plancher savonné ? demande-t-elle.

— Eh bien non, répond Laura en haussant les épaules. Mais le plus important c'est que ça n'a pas recommencé. Quand on y pense, il s'est quand même passé pas mal de choses bizarres, ici !

— Oui. Le plus inquiétant c'est le tremblement de terre, à mon avis. Quand je pense qu'hier je disais que je ne croyais pas à une mini tornade ! En fait, tout bien réfléchi, c'est probablement ce qui est arrivé : c'est une tornade qui a dû tout emporter l'autre nuit, sur les stands... Tous ces trucs-là doivent être liés, vous ne croyez pas ?

Cette dernière question n'appelle pas vraiment de réponse et un silence suit où chacune réfléchit de son côté.

Pour ce qui est de Myrta, elle sait bien qu'il n'y a pas eu de tornade mais le tremblement de terre la fait réfléchir. C'est sans aucun doute en rapport avec les problèmes dont lui ont parlé Ian MacGregor et Blanche de Beaugenval : les explosions souterraines, les fissures dans la tour... Elle se souvient qu'elle s'est engagée à trouver l'origine de ces problèmes et se rend compte que, maintenant, elle n'a pas le choix. Il est urgent qu'elle tienne parole.

Plongée dans ses pensées, elle n'a pas vu que Zombinina

vient de s'installer à côté d'elle. Lorsque, brusquement, Griffou saute sur ses genoux, elle ne peut s'empêcher de lâcher une exclamation de surprise :

— Oh mon Dieu ! Tu m'as fait peur !

Laura et Clémence sursautent en l'entendant et Clémence réplique avec étonnement :

— Je ne voulais pas te faire peur en disant ça, tu sais. Les tremblements de terre, les tornades, ça n'arrive pas si souvent, il ne faut pas t'inquiéter pour ça !

Bon. Ça y est. Mes copines vont me prendre pour une idiote, pense-t-elle. Heureusement, les garçons arrivent à ce moment-là, la dispensant de trouver une réponse à donner.

— Il est bientôt onze heures. Je crois qu'on a à peu près fini et si on veut voir le défilé des *pipe bands* on devrait peut-être y aller, qu'est-ce que vous en pensez ?

Laura se lève aussitôt et dit qu'à force de remuer des chaises elle s'est couverte de poussière. Elle a donc besoin de quelques minutes pour aller se laver les mains. Bien sûr, Myrta et Clémence veulent se joindre à elle et les deux garçons, profitant de l'occasion pour enfin se reposer un peu, s'installent sur les chaises qu'elles viennent d'abandonner pour les attendre tranquillement.

Quelques instants plus tard, alors qu'elles sont en train de se recoiffer devant le minuscule miroir qui se trouve dans les toilettes de la buvette, Myrta prend son téléphone portable et prétend que sa mère lui a demandé de l'appeler. Elle sort et, une fois qu'elle se trouve un peu à l'écart, elle peut enfin dire à Zombinina ce qu'elle a sur le cœur :

— Tu as vraiment décidé de tout faire pour me compliquer la vie, c'est ça ?

Zombinina hausse les épaules et lui dit d'un air innocent :

— Mais pas du tout ! J'ai deux très bonnes raisons de venir ici. La première, c'est qu'on a fait une promesse aux revenants et qu'on a une enquête à faire.

— Ok. Et la deuxième ?

— Eh bien... c'est que j'ai envie de profiter de la fête, moi aussi, et que j'ai bien l'intention d'aller voir le défilé !

Myrta regarde alors son amie plus attentivement. Zombinina a quelque chose de changé. Ses cheveux mauves flottent sur un chemisier de voile noir et elle porte une longue jupe en tissu écossais rose et vert. Il faut reconnaître que c'est surprenant mais que cela lui va plutôt bien.

— Ah ! Tu as remarqué ? demande-t-elle avec un grand sourire.

Les esprits-fantômes aiment eux aussi les compliments, semble-t-il. Et, puisque c'est vrai que cette nouvelle tenue lui va bien, Myrta n'hésite pas à le lui dire.

— Oui, c'est clair. J'aime bien ton nouveau look !

— Attends, je parie que tu n'as pas vu le plus beau, ajoute l'esprit-fantôme qui, triomphalement, exhibe ses deux mains.

Évidemment. J'aurais dû m'y attendre, songe Myrta en regardant les ongles laqués de vert sombre où, tracés au vernis doré, se trouvent de superbes triquetras.

— Bon, alors, tu as fini de parler à ta mère ? demande Clémence.

— Euh... Oui, on peut y aller, si vous voulez.

Et les quatre jeunes filles, accompagnées du chat, se dirigent vers les garçons qui les attendent pour se rendre tous ensemble en ville, pour voir défiler les musiciens.

— Franchement, je dois vous avouer qu'avant, la cornemuse, ça ne me plaisait vraiment pas plus que ça. Pour tout vous dire, je trouvais que c'était plutôt ringard et que ça cassait les oreilles !

Ils sont installés dans le réfectoire, en train de manger au milieu de tous les autres bénévoles. Malgré le bruit qui les entoure, ils ont tous entendu clairement la phrase que vient de prononcer Clémence et se tournent vers elle avec curiosité.

— Et alors, tu as changé d'avis, maintenant ? demande Lucas.

— Eh bien, oui. Carrément ! Je trouve ça trop bien, au contraire ! Quand c'est en vrai... Je veux dire quand on n'écoute pas ça sur un disque ou à la radio, ce n'est pas du tout la même chose. C'est... Comment dire ? C'est... Wouaouh !!!

Bon. Clémence n'arrive pas à exprimer clairement ce qu'elle veut dire mais tous les autres comprennent parfaitement. Voir tous ces musiciens défiler, en formation militaire, et jouer de tous ces instruments, c'était vraiment prenant.

— Ça fait bizarre de penser que les Écossais se faisaient accompagner de joueurs de cornemuse sur les champs de bataille. Mais, dans un sens, je comprends : ça devait impressionner leurs ennemis.

Rapha se tourne vers Myrta, qui vient de prononcer cette phrase. Cette allusion aux champs de bataille lui rappelle leur conversation de la veille, et il dit :

— Au fait, je ne sais pas si vous savez que, des combattants écossais, il y en a eu ici même, à Beaugenval, au Moyen-Âge.

Tous se tournent vers lui et en oublient presque de manger. C'est vrai que, juste après les avoir vus défiler, imaginer des soldats écossais en train de se battre dans l'enceinte du château, c'est encore plus impressionnant.

— J'ai cherché des infos là-dessus hier soir, à cause d'une conversation qu'on a eue avec Myrta, poursuit-il. Alors voilà... C'était à l'époque de la guerre de Cent Ans. En 1371, très exactement.

— Hmm. Tu veux dire au moment où Du Guesclin a fait le siège du château ? demande Lucas.

Comme les filles se tournent vers lui d'un air étonné, il lève les deux bras et se défend :

— Non, ne me regardez pas comme ça. Si je le sais c'est parce que j'ai lu la plaque qui se trouve sur la place principale. Vous ne l'avez pas lue, vous ?

Zut ! Non, je ne l'ai pas encore lue, se dit Myrta. *Enfin, bon, c'est pas grave... Maintenant, plus besoin de la lire de toute façon : je sais déjà ce qu'il y a dessus, forcément.*

Comme personne d'autre ne dit rien, Rapha reprend son récit.

— Oui, c'est à ce moment-là. Il y avait une troupe importante d'Anglais qui avaient pris le château et Du Guesclin a dû les attaquer pour le reprendre. D'ailleurs la châtelaine de l'époque est morte pendant les combats...

Blanche ! Myrta pense alors avec tristesse à Blanche de Beaugenval. C'est étrange, jusque-là elle ne s'était pas rendu compte de ce qu'avait dû être réellement le sort de la jeune femme. Mais Rapha poursuit et entame alors la partie du récit qui l'intéresse le plus.

— ... En fait, j'ai découvert hier quelque chose de très intéressant : il y avait avec Du Guesclin un chevalier écossais qui l'avait accompagné pendant de nombreuses années. Ils étaient allés un peu partout pour défendre les intérêts du roi de France, mais aussi en Espagne pour aider le roi à récupérer son trône... C'est bizarre, vous ne trouvez pas ? Moi, je ne le savais pas du tout !

Du Guesclin en Espagne ? Non, aucun d'entre eux n'avait entendu parler de ça et, pourtant, cela évoque des aventures extraordinaires qui font rêver...

Myrta, elle, aimerait pourtant que Rapha poursuive son récit. Et elle l'interroge :

— Cet Écossais qui est venu avec Du Guesclin à Beaugenval... On sait comment il s'appelait ?

— Oh oui ! Il a même un nom typiquement écossais : Ian MacGregor. D'ailleurs, à son propos, j'ai vu qu'il s'était produit quelque chose de très étrange. Figurez-vous qu'il a été assassiné juste la veille de l'assaut.

— Comment ça ? demande Laura. On sait qui l'a assassiné ?

— En fait, sur le moment, non. Il a été assassiné pendant son sommeil, semble-t-il. On l'a retrouvé, mort, sous sa tente, au petit matin, mais il n'y avait aucun moyen de savoir si c'était un traître qui avait fait ça ou bien un Anglais venu du château dans la nuit.

— Mais pourquoi dis-tu « sur le moment, non » ? On a découvert le coupable, après ?

— Peut-être. Ce n'est pas tout à fait sûr mais on dit que Du Guesclin pensait avoir compris qui avait tué son ami. Il paraît qu'un autre chevalier, un Français, les avait rejoints peu de temps avant. Cet homme-là connaissait MacGregor depuis longtemps et, du coup, ils avaient confiance en lui. Le problème, c'est que, juste après la mort de MacGregor et la prise du château, il a disparu et on s'est rendu compte qu'il avait emporté toute la fortune de MacGregor avec lui. Naturellement, on a supposé que, le traître, c'était lui.

— C'est une triste histoire, conclut Clémence. Mais ça montre aussi que, les Écossais et Beaugenval, c'est une histoire qui ne date pas d'aujourd'hui !

Tout le monde est d'accord pour reconnaître que l'histoire racontée par Rapha était particulièrement intéressante. Mais Myrta échange un regard avec Zombinina qui est assise en face d'elle sur une chaise qui, apparemment, est restée libre.

— Il faut absolument qu'on aille voir Ian pour lui raconter ça, lui souffle l'esprit fantôme.

Sans mot dire, Myrta fait un léger signe de tête pour acquiescer alors que Lucas est déjà en train de s'adresser à elle sur un tout autre sujet.

— Rapha m'a parlé de votre projet pour ce soir. Aller voir un film tous ensemble. Moi je trouve que c'est une bonne idée ! Par contre, je ne sais pas si tu t'es renseignée sur le programme du ciné…

— Aller au ciné ? Ah, c'est vraiment une super idée, c'est juste ce qu'il nous faut en ce moment, je trouve ! En tout cas, moi je suis pour, affirme Clémence avec enthousiasme.

Laura, de son côté, n'a rien contre :

— Eh bien oui… ça pourrait être fun… Mais ça dépend, ils passent quoi, en ce moment ?

Tout le monde se tourne vers Myrta, qui jusqu'ici s'est bien gardée de répondre. L'espace d'un instant, elle espère que Rapha, qui a eu l'idée de proposer la sortie, a eu aussi celle de regarder le programme. Mais non…

— Désolé, dit-il, j'avoue que j'ai commencé mes recherches sur Du Guesclin et compagnie et… j'ai complètement oublié d'aller sur le site du Splendid.

— Bon. Eh bien, désolée d'être porteuse de mauvaises nouvelles, mais je crois que ça ne va pas le faire… Parce qu'en fait, ce soir, ils passent un film fantastique.

— Ah oui ? Perso, les films fantastiques, j'aime bien ça, dit Lucas, l'air un peu perplexe.

— Les films fantastiques en général, oui, moi aussi, répond Myrta. Mais celui-là... Je ne sais pas trop mais son titre ne me dit rien de bon.

— Et c'est quoi, son titre ? demande Laura.

— Eh bien, je n'en avais jamais entendu parler mais il paraît que ça existe. C'est « Électroplasmus ».

— « Électroplasmus » ? Tu plaisantes ?

— Ben non. J'aimerais bien, mais non. Je n'ai même pas réussi à trouver de bande-annonce sur Internet. Ça donne déjà une idée de la qualité du truc.

— Et tu sais de quoi ça parle ? demande Laura.

— Il est question d'un savant fou qui a mis au point une machine électrique maléfique. C'est une machine qui permet de fabriquer des ectoplasmes, c'est à dire des sortes de fantômes visqueux... Après, je ne sais pas, je n'ai pas trouvé plus de détails.

— Bon..., reprend Clémence après un silence consterné. « Électroplasmus », c'est peut-être pas le film du siècle, d'accord. Mais, d'un autre côté, est-ce que vous pensez que ça peut être pire que « Le Vrombissement zombie » ? Parce que, avec ce film-là, on s'était quand même bien amusés !

Dans le fond, ils admettent tous que Clémence a raison. L'important n'est pas tant le film qu'ils vont voir que le fait d'aller le voir tous ensemble. Alors ils conviennent de se retrouver dans l'après-midi chez Myrta, avant d'aller dîner « à l'heure écossaise ».

Chapitre 13

La glace est rompue

Après le déjeuner, tous se sont séparés sur la promesse de se retrouver le soir même. Myrta est partie de son côté, officiellement pour rejoindre son père.

— Choisir d'aller voir un truc pareil, ce n'est vraiment pas sympa de ta part ! l'interpelle Zombinina dès que personne ne peut les voir parler.

— Mais de quoi parles-tu ? demande Myrta avec étonnement.

— Eh bien du film, naturellement. Les ectoplasmes, c'est une espèce de caricature débile des esprits.

Les ectoplasmes, des caricatures de fantômes ? C'est vrai qu'on peut voir les choses comme ça mais Myrta n'y avait pas pensé.

— Bah ! Tu sais, ce film-là, il ne faut pas le prendre au sérieux, on y va juste pour s'amuser. Et puis... on n'avait pas trop le choix : ils ne passent rien d'autre ce soir.

Zombinina fait la moue mais n'insiste pas. De toute façon, elles ont des choses bien plus importantes à faire et elle décide de changer de sujet.

— Je me demande si Ian a enfin réussi à parler à Blanche..., pense-t-elle à haute voix.

— En tout cas je l'espère. Je préfèrerais ne pas avoir à expliquer à Ian que son ami l'a trahi mais, au moins, s'il a retrouvé sa fiancée, ce sera plus facile pour lui d'apprendre la vérité.

Les deux filles et le chat sont arrivés devant le panneau qui interdit d'aller plus loin mais, heureusement, il n'y a personne à cette heure-là dans les parages et Myrta peut passer inaperçue lorsqu'elle se glisse sous la barrière.

— Maintenant, il n'y a plus qu'à retrouver nos amis revenants ! Je compte sur toi, Griffou, pour nous montrer le chemin. J'ai remarqué, la dernière fois, que tu t'entendais très bien avec eux.

Le chat a écouté les paroles de Myrta avec une attention qui montre qu'elle ne s'est pas trompée : il a très bien compris ce qu'elle lui demande. Aussitôt, il part en avant, se faufilant entre les éboulis, filant parfois comme une flèche pour revenir ensuite sur ses pas, comme pour vérifier que les deux filles arrivent à le suivre malgré les difficultés et le sol accidenté.

Au bout de quelques minutes, elles se retrouvent, sans surprise, à l'entrée du donjon. Il ne leur reste plus qu'à suivre le même chemin que la fois précédente. Elles montent jusqu'à la grande salle où, elles l'espèrent, la Dame

Blanche est peut-être en compagnie de son chevalier servant.

Cette fois, Myrta n'a pas besoin que Zombinina lui montre la fenêtre et la silhouette de la Dame assise sur le banc. Son regard se dirige directement dans la direction où, la veille, Blanche était occupée à broder son ouvrage. Et là elle découvre que, en effet, tout a changé. Manifestement, entre eux, la glace est rompue.

Les deux revenants, penchés l'un vers l'autre, semblent plongés dans une conversation sans fin. *Évidemment, ils ont plusieurs siècles de silence à compenser !* se dit-elle.

Mais l'arrivée de Griffou qui vient en miaulant se frotter contre leurs jambes, faisant fête à ceux qu'il semble considérer comme de véritables amis, vient interrompre leur tête à tête. L'Écossais se penche pour prendre le matou dans ses bras et lui donner les câlins qu'il réclame puis se tourne, en même temps que Blanche, vers les deux jeunes filles qui viennent d'arriver.

Myrta remarque, ce qu'elle trouve drôle, que l'épée gigantesque est posée à côté des ciseaux de la Dame, sur le banc de pierre. *On voit bien qu'ils ont déposé les armes !* pense-t-elle en riant intérieurement.

— Ah ! Nous sommes heureux de vous revoir ! déclare Ian en leur adressant un grand sourire.

Et, en plus, il parle maintenant en leur nom à tous les deux, ajoute-t-elle mentalement.

— Eh bien, nous sommes aussi très contentes de vous trouver en bonne forme, n'est-ce pas, Zombinina ? dit-elle à voix haute en se tournant vers son amie.

— Oh ! Oui, tout à fait ! Nous étions un peu inquiètes pour vous à cause du tremblement de terre de cette nuit, ajoute la jeune esprit-fantôme. Mais, apparemment, le donjon n'a pas trop souffert.

— C'est vrai que nous avons ressenti très vivement la secousse. Mais il n'y a pas eu de nouveaux dégâts et, au moins, maintenant nous ne sommes pas les seuls à nous être aperçus du problème.

Tout en disant ces mots, Blanche de Beaugenval s'est tournée vers Ian, comme si elle ne voulait plus le perdre des yeux. Puis elle ajoute :

— En fait, si vous nous trouvez en bonne forme, comme vous dites, c'est surtout grâce à vous, parce que vous nous avez permis de dissiper un malentendu qui nous a séparés bien trop longtemps.

— Sachez que nous vous serons éternellement reconnaissants de ce que vous avez fait pour nous, demoiselles.

« Éternellement » ? Ça alors, se dit Myrta, *c'est une promesse qui n'est pas à prendre à la légère car, pour ces deux-là, le mot « éternité » a réellement du sens !*

— Eh bien, en fait, nous n'avons pas fait grand-chose, dit-elle. Si nous avons pu vous aider à tirer au clair les événements du passé, cela nous fait plaisir !

Zombinina en profite pour ajouter que, probablement, elles peuvent leur donner des informations intéressantes, même si, à vrai dire, elles ne sont plus tout à fait d'actualité.

— Un de nos amis a fait des recherches sur ce qui s'est passé à Beaugenval à l'époque du siège... Si vous voulez, on pourrait vous raconter ce qu'il a trouvé.

D'un seul coup, les deux revenants se rapprochent l'un de l'autre et se regardent avec anxiété. On voit bien qu'ils pensent encore aux événements de ces jours-là comme s'ils dataient d'hier. Le premier, Ian prend la parole :

— C'est étrange, mais je crois que nous ne pourrons pas être en paix tant que nous ne saurons pas exactement ce qui est arrivé. Blanche et moi avons déjà échangé tout ce que nous savions et... j'avoue que cela m'a causé du chagrin. Mais, s'il y a d'autres choses à apprendre, j'aimerais que vous nous les fassiez connaître.

Myrta lui raconte alors ce qu'ils ont appris : la trahison de son ami, parti avec sa fortune après la fin du siège et aussi que, pour Du Guesclin, cela ne faisait aucun doute que cet « ami » était l'assassin.

Après avoir écouté le récit de Myrta, le chevalier soupire puis complète pour les deux filles les zones encore obscures de ces événements.

— Cet homme s'appelait Roger de Passefroid. Quand nous sommes revenus d'Espagne, avec Du Guesclin, il s'est joint à nous. Il avait servi avec moi dans l'armée du roi de France et, bien que ne l'ayant plus vu depuis plusieurs années, je croyais que c'était mon ami. Nous sommes arrivés devant Beaugenval pour en faire le siège et, comme vous le savez déjà, Blanche y était prisonnière des Anglais...

Il se tourne vers elle avec une expression de tristesse et les deux filles se rendent compte que cela ne doit pas être facile, pour eux, de revivre ces moments-là.

— Vous nous avez dit que vous aviez proposé de payer sa rançon pour qu'elle soit libérée. Pourquoi cela ne s'est-il pas fait ? demande Zombinina.

— Roger m'a dit qu'il connaissait bien le capitaine qui était à la tête des Anglais. Il m'a proposé d'aller négocier en mon nom et m'a fait croire que cela serait plus facile pour lui d'obtenir la libération de Blanche. Je l'ai donc chargé de le faire et je lui ai remis une lettre et une bague pour ma fiancée.

— Seulement voilà...

Cette fois, c'est Blanche qui complète le récit.

— ... Cet homme ne m'a pas du tout remis la lettre. Au contraire, il a prétendu que c'était avec son propre argent qu'il proposait de payer ma rançon et qu'il la paierait si j'acceptais ensuite de l'épouser, lui, Roger de Passefroid. Car il prétendait aussi que mon fiancé était reparti depuis longtemps en Écosse. Il a ajouté que Ian s'était marié là-bas à une Écossaise et n'avait pas du tout l'intention de revenir. Quand il m'a dit ça, j'ai eu le cœur brisé mais j'ai refusé d'accepter sa proposition et de l'épouser. Alors il est parti.

Myrta et Zombinina comprennent maintenant pourquoi la Dame Blanche était tellement en colère contre Ian et pourquoi elle refusait de lui parler. Évidemment : elle croyait qu'il l'avait abandonnée pour en épouser une autre !

Mais Ian finit de résumer pour elles ce qui s'est passé.

— Maintenant, tout est clair. Roger avait décidé de m'assassiner de toute façon avant le siège du château. Si Blanche avait accepté de l'épouser, il aurait demandé à son ami le capitaine anglais de la protéger mais là… quand il a vu qu'il ne pourrait pas épouser l'héritière du château, il s'est contenté de voler l'argent de la rançon et de le garder pour lui.

— C'était un monstre ce Roger-là ! s'exclame Zombinina. J'espère qu'il ne l'a pas emporté au paradis !

— L'important, conclut finalement Blanche de Beaugenval, c'est qu'aujourd'hui nous soyons ensemble et enfin réconciliés. Comme nous vous l'avons déjà dit, nous ne vous remercierons jamais assez pour cela !

Zombinina et Myrta échangent un regard. Elles ont vraiment l'impression de ne pas avoir fait grand-chose ! D'ailleurs, la partie la plus importante de leur mission n'est pas encore finie. Elles doivent encore trouver ce qui menace, aujourd'hui, la stabilité du château.

— Pour nous remercier, attendez qu'on ait découvert les responsables des tremblements de terre. Nous ne savons pas encore ce qui les provoque mais… nous avons quand même une petite idée là-dessus, répond Myrta.

— En tout cas, n'hésitez pas à nous demander notre aide si vous en avez besoin.

Elles s'apprêtent à refuser la proposition quand, soudain, Myrta se souvient de quelque chose.

— Eh bien… il y a peut-être une petite chose. Il est arrivé un incident bizarre, la nuit dernière, près du château. Deux des troncs d'arbres qui devaient servir pour les *Highland Games* ont été cassés. Est-ce que par hasard vous sauriez ce qui a pu se passer ?

Le grand guerrier écossais rougit alors légèrement. Ce qui, il faut le reconnaître, est assez étrange pour un revenant. Il toussote, regarde en direction de Blanche comme pour lui demander de l'aide puis finit par avouer :

— Quand j'étais jeune, j'avais l'habitude de pratiquer ces jeux avec les membres de mon clan. Je dois dire d'ailleurs que j'étais assez bon joueur et qu'il était difficile de me battre. J'adorais ça, en fait, et… quand j'ai vu tous ces joueurs et tous ces troncs… J'avoue que j'ai craqué.

— Vous avez utilisé les troncs pour vous exercer ? demande Zombinina, stupéfaite.

— Eh oui… Et… c'est moi qui les ai cassés.

— Oh ! J'imagine aussi que vous avez joué à lancer les pierres ? demande Myrta.

— Oui, bien sûr ! J'excellais dans tous ces jeux, voyez-vous et… (Il fait rouler ses muscles avec coquetterie en disant cela), je suis fier de dire que je n'ai pas vraiment perdu la main !

Décidément, se dit Myrta, *on peut avoir quelques siècles au compteur et être resté gamin !*

Blanche de Beaugenval, qui semble avoir un peu plus de plomb dans la tête, intervient cependant pour la rassurer.

— Maintenant, ne vous souciez plus de cela : nous vous promettons que plus rien n'arrivera qui pourrait gêner le déroulement des jeux.

Les deux jeunes filles disent donc au revoir aux deux revenants, en promettant de les tenir au courant : dès qu'elles auront découvert l'origine des explosions mystérieuses, ils seront les premiers informés.

Ian MacGregor les reconduit alors jusqu'à la sortie du donjon. Lorsqu'est venu le moment de se séparer, il pose sur le sol Griffou qui était resté dans ses bras jusque-là. Galamment, il salue ses deux jeunes amies, s'incline et porte à ses lèvres la main de Myrta qui sent sur le bout de ses doigts un souffle glacé. Puis c'est le tour de Zombinina.

C'est alors qu'une exclamation de stupeur lui échappe :

— Mais comment avez-vous trouvé ce signe-là ?

Zombinina regarde ses ongles avec étonnement et demande à l'Écossais :

— Ce signe ? De quel signe parlez-vous ? Du triquetra ?

— Pardonnez-moi si je vous ai surprise, dit alors Ian, qui s'est repris. C'est que ce signe que vous portez sur vos doigts est celui qui symbolise l'alliance. Il ornait la plupart de mes armes, à l'époque où j'étais en vie… Et c'est aussi le signe qui décorait l'anneau que j'avais choisi pour ma fiancée. L'anneau que j'avais confié à celui qui m'a trahi et qui ensuite a disparu avec lui.

Chapitre 14

Une balade en scooter

— Finalement, les revenants, ce n'est pas ce qu'on croit, dit Zombinina de façon tout à fait inattendue.

Ils sont tous les trois en train de s'éloigner des ruines et Myrta regarde avec attention l'endroit où elle met les pieds, histoire de s'éviter une cheville foulée. Ce soir, elle va sortir avec ses amis. Ils n'ont pas prévu d'aller danser mais tout de même ! Elle a bien envie de s'amuser. Peut-être aussi que d'avoir vu le couple mélancolique que forment Ian et Blanche lui a donné envie de vivre le moment présent et d'en profiter.

— Hmm ? Qu'est-ce que tu entends par là, exactement ? demande-t-elle à l'esprit-fantôme.

— Eh bien, il n'y a pas si longtemps je ne connaissais aucun revenant et j'avais tendance à croire ce qu'on dit à leur sujet : qu'ils sont effrayants, dangereux, qu'il faut s'en méfier… Mais maintenant, je me rends compte qu'ils peuvent être drôlement sympas, en fait.

— Oui, mais j'imagine que ça dépend des revenants. Si on avait rencontré Roger de Passefroid, on aurait peut-être une autre opinion sur eux, tu ne crois pas ?

— Oh ! Ne parle pas de malheur, dit Zombinina en frissonnant. Celui-là, j'espère qu'il n'est pas encore à traîner dans le coin !

Myrta se demande ce que cet assassin du Moyen-Âge a bien pu devenir. Il a disparu avec le butin qu'il avait volé et puis... plus personne n'a jamais entendu parler de lui. Elle pense aussi aux deux revenants qu'elle vient de quitter. Vont-ils rester éternellement à errer dans ces ruines ? Qu'est-ce qui les retient encore ici-bas ?

Elle est perdue dans ces réflexions quand elle entend Zombinina l'interpeller.

— Eh ! Oh ! Tu rêves ? Tu n'entends pas les cloches sonner ?

Les cloches ? Mais quelles cloches ? Subitement arrachée à ses réflexions elle sursaute et tend l'oreille mais n'entend rien... à part la sonnerie de son portable dans sa poche.

— Mais oui, tu n'entends pas ton petit clocher t'appeler ?

Zombinina se moque d'elle, bien sûr, et Myrta se contente de hausser les épaules d'un air dédaigneux avant de regarder le numéro de celui qui l'appelle. Et, d'un seul coup, elle a envie de remercier son amie de l'avoir obligée à regarder : c'est Rapha et, là, tout de suite, il n'y a personne avec qui elle aurait davantage envie de bavarder.

— Salut ! T'es où, là ? À Beaugenval ? Cool ! Je me demandais si tu étais déjà rentrée.

Il téléphone pour lui proposer de la ramener. Clémence

et Laura sont parties juste après le repas. La mère de Laura est venue les chercher en voiture et, de toute façon, elles étaient pressées car, paraît-il, elles avaient un tas de choses à faire en prévision de la soirée. Lucas et lui, par contre, sont restés pour aider au choix de nouveaux troncs pour le lendemain. Maintenant qu'ils en ont fini avec ça, ils vont rentrer en scooter.

— Si tu veux, j'ai toujours un casque et des gants de plus avec moi pour un passager. Tu pourrais en profiter...

Sans hésitation, Myrta accepte. Une balade en scooter, ça ne se refuse pas. Surtout si c'est une balade en scooter avec Rapha. Ils se donnent rendez-vous sur la place. Celle de Du Guesclin, naturellement.

— Comme ça, tu pourras enfin lire la plaque, finit Rapha en riant.

— Nous aussi on est invités ? demande Zombinina quand Myrta a raccroché. Non, non, je plaisante. On va te laisser tranquille avec ton amoureux, c'est promis. Et, puisque c'est comme ça, Griffou et moi on va rentrer par nos propres moyens ! ajoute-t-elle avec un grand sourire.

Et, comme ils arrivent à ce moment-là sur l'esplanade du château, ils disparaissent soudain aux yeux de Myrta qui se demande en soupirant quelles bêtises son amie va bien pouvoir faire sur Facebook pendant qu'elle ne sera pas là pour la surveiller.

Sur la route, Rapha file comme le vent. En fait il ne va peut-être pas si vite que ça mais, pour Myrta, qui se tient juste contre lui, le trajet se passe trop vite. Bientôt, ils arrivent devant chez elle et il s'arrête dans la rue où, normalement, il n'y a pratiquement personne à cette heure de la journée.

Sauf que, là, il y a une voiture rouge inconnue garée juste devant la maison de ses parents.

— Ta mère a de la visite aujourd'hui ?

— Ben non… D'ailleurs le vendredi après-midi, normalement, elle ne rentre pas avant 16 H et… (Myrta regarde sa montre) il est à peine 15 H. Je n'ai aucune idée de qui ça peut être.

— Si tu es d'accord, je rentre avec toi, alors. C'est juste une précaution mais je serai plus tranquille.

Myrta pense que, après tout, son père est peut-être rentré plus tôt que prévu. Peut-être est-il avec un client ? Mais, comme elle n'en est pas sûre du tout, elle accepte la proposition de Rapha sans protester.

La maison, pour autant qu'on puisse en juger de l'extérieur, est silencieuse. Myrta sonne à la porte et, n'obtenant pas de réponse, glisse ses clés dans la serrure puis dans le verrou. Elle se sent un peu mal à l'aise. La voiture appartient peut-être à quelqu'un qui habite ailleurs dans la rue ? Mais pourquoi être venu se garer juste là, alors que la maison des Desforest se trouve dans une partie en retrait de la rue ?

— Oh ! Salut ! C'est vous ?

Heureusement qu'elle n'est pas cardiaque ! La voix qui leur parvient, d'un seul coup, depuis l'étage, est celle de Douglas Cameron. Il est capable de crier aussi fort qu'on peut l'imaginer, vu sa carrure. Le temps de le reconnaître et Rapha et Myrta peuvent enfin relâcher leur souffle.

— Euh... Oui, c'est nous... Mais... La voiture devant la porte, elle est à toi ?

La question de Rapha semble réjouir vivement le grand Écossais qui descend les escaliers pour venir à leur rencontre.

— Oui ! Tout à fait ! Je suis allé tout à l'heure à l'agence de location. Elle est bien, n'est-ce pas ? Maintenant que j'ai une voiture je vais pouvoir me balader et visiter un peu le coin !

Visiter ? Il ne va pas trop en avoir le temps, avec le programme chargé que les athlètes ont ces jours-ci, pense Myrta. Mais Douglas répond sans qu'elle ait eu besoin de poser la question.

— Finalement, je vais rester deux jours de plus après la fin des jeux. Lundi et mardi. Tes parents m'ont proposé de rester et j'ai pu changer mon billet d'avion. En plus, d'avoir une voiture, ça me permettra aussi de rentrer de Beaugenval quand je veux. C'est pratique.

Il se frotte les mains et, impatient d'utiliser son bolide, il demande :

— Cet après-midi je n'ai rien d'autre à faire : vous voudriez venir avec moi faire un tour ?

Myrta ne dirait pas non mais elle doit se concentrer sur le problème des explosions souterraines et des secousses au château. Et c'est urgent. Alors elle n'a pas trop le temps.

Mais Rapha, lui, se sent un peu obligé d'accepter : ce ne serait pas sympa de refuser et, d'ailleurs, s'il veut visiter les environs, Douglas a besoin d'un guide. Donc, il accepte.

— C'est vraiment des lâcheurs les garçons, pas vrai ?

— Mais non ! D'ailleurs, tu vois ? Griffou est toujours avec nous, lui ! Pas vrai, Griffou ?

Myrta vient de rentrer dans sa chambre où, sans surprise, elle a trouvé Zombinina en train de pianoter sur le clavier de l'ordinateur. Elle pose son sac et câline le matou qui se frotte contre ses jambes. Il semble vouloir confirmer qu'il est d'accord avec ce qu'elle dit : quoi qu'il arrive, il sera toujours là pour elle, lui !

— Hmm... Oui, c'est vrai. N'empêche : au moins Clémence et Laura sont là, elles. D'ailleurs elles voudraient te parler.

— Et comment tu sais ça, toi ?

— Par Facebook, bien sûr ! répond l'esprit-fantôme. Il y a une fenêtre là, qui s'est ouverte, sur le côté.

Elle montre l'écran où, en effet, Myrta voit s'afficher :

— Kikoo ! Tu as des trucs à faire ? Tu peux venir chez moi ???

Elle peste intérieurement contre Zombinina qui a ouvert la page. Elle aurait bien aimé prendre le temps de se reposer de sa balade et d'y repenser tranquillement... pour mieux en profiter ! Mais non, elle a à peine eu le temps d'arriver et de s'asseoir qu'il lui faut tout de suite se remettre à discuter.

Justement, dans sa poche, son téléphone se met à sonner.

— Ah non ! Ne me parle plus du « petit clocher ». Ou bien c'est toi qui va te faire sonner les cloches, compris ?

Sa menace préventive fait de l'effet : Zombinina prend l'air innocent et ne souffle plus un mot, laissant Myrta décrocher et répondre à Laura.

— Salut ! Alors, tu es rentrée chez toi, toi aussi ? On a essayé de te voir tout à l'heure mais tu avais disparu. On voulait te proposer de rentrer en voiture avec nous. Ma mère est venue nous chercher...

— Moi, finalement, je suis rentrée avec Rapha, en scooter.

— Ah ! Trop bien. Il est avec toi ?

— Non, il est parti.

— Alors tu voudrais peut-être venir nous rejoindre chez Clémence ? On est justement là, toutes les deux.

Aller s'amuser avec ses copines ? Décidément, voilà la deuxième fois en peu de temps qu'on lui propose des trucs sympas et tentants... qu'elle doit refuser. Doit-elle vraiment ? Elle hésite un instant puis finit quand même par décider : si, si... elle doit. Car, sinon, quand s'occuperait-elle de résoudre le problème des explosions ? Elle a donné sa parole à Blanche et, maintenant, il faut qu'elle s'y colle.

— Euh… non, désolée… Je voudrais bien mais, je ne peux pas. J'ai un truc à faire.

— Ah bon ? C'est un secret ? Attends, laisse-moi deviner… Oui, ça y est, je sais !

Laura a l'air très contente. Elle est sûre d'avoir réussi à démasquer son amie. Et le fait savoir.

— Je parie que tu vas venir ce soir avec un *nail art* de compétition ! J'ai raison, pas vrai ?

Comme Myrta, médusée, ne dit rien, elle continue.

— J'espère que tu ne vas pas te faire des chardons, au moins ?

Là, Myrta ne comprend plus rien à ce que raconte son amie.

— Des chardons ? Sur les ongles ? Mais non ! Quelle drôle d'idée ! Pourquoi tu dis ça ?

— Eh bien, les chardons, c'est l'un des symboles de l'Écosse, tu ne savais pas ?

Cette histoire de chardons, ça lui dit bien vaguement quelque chose mais… non, elle ne s'en souvient pas.

— Hmm… Non, pas vraiment…

— Oui, c'est leur symbole depuis qu'un jour, ou plutôt une nuit, de vilains méchants vikings ont voulu attaquer un château d'Écosse en profitant de l'obscurité. Seulement voilà : ces idiots avaient eu la mauvaise idée de marcher pieds-nus, histoire de faire moins de bruit…

Cette idée de traîtres attaquant un château dans la nuit donne d'abord un frisson à Myrta. Elle s'imagine Ian et Blanche dans le château et un Roger de Passefroid pieds-nus bien qu'en armure... Finalement, la vision est plutôt ridicule et la fait sourire. Pendant ce temps, Laura poursuit son récit :

— ... Malheureusement pour eux, il y a plein de chardons en Écosse, à ce qu'il paraît. Alors, comme dans le noir, forcément, ils ne voyaient pas où ils mettaient les pieds, c'est fatal, ils ont marché dessus. Du coup, ils se sont mis à crier comme des fous et les Écossais, qui avaient dû garder leurs *shoes*, eux, les ont attaqués et les ont battus à plate couture. Voilà ! C'est cool comme histoire, pas vrai ?

— Oui ! C'est plutôt bouffon... De vrais loosers, ces vikings-là. Mais... Dis-moi, pourquoi tu me racontes tout ça, au fait ?

— Euh ? Eh bien, je ne sais plus trop...

Laura hésite puis, brusquement, se souvient.

—... Ah oui ! C'est juste que je voulais vérifier que tu n'allais pas te faire un *nail art* avec des chardons, ce soir.

— Pourquoi ? Vous avez l'intention d'en faire, vous ?

— Ah, ah ! Tu aimerais bien le savoir, pas vrai ? Mais, puisque tu ne veux pas venir avec nous, tant pis pour toi ! Pas de *spoiler*. Tu ne sauras pas avant ce soir, ce sera une surprise !

— Bon. Eh bien, d'accord. Il faudra bien que je patiente jusque-là...

— Mais ne t'avise pas d'enlever ton vernis à ongles, ce soir, hein ? Cette fois, pas d'excuse, on voudra vraiment le voir !

Quelques instants plus tard, après avoir échangé encore quelques plaisanteries avec Laura, Myrta raccroche enfin.

— Eh bien, cette fois, tu n'y couperas pas... Si tu veux que ton alibi tienne, il va vraiment falloir que tu te fasses les ongles, n'est-ce pas ?

Myrta se tourne vers Zombinina qui la regarde en souriant. Elle hausse les yeux au ciel puis, finalement, reconnaît :

— Tu as raison : ma mère, Clémence et Laura... Il va bien falloir que je me peigne les ongles rien que pour leur faire plaisir. C'est un comble, ça !

— Ne t'en fais pas, répond son amie. Laisse-moi faire et tu verras : Rapha lui aussi trouvera ça super cool, c'est promis.

Mais comme, pour l'instant, le plus urgent n'est pas de se soucier de manucure, Myrta pique à Zombinina sa place devant l'ordi et commence à faire quelques recherches.

Une heure plus tard, rien de ce qu'elle a trouvé ne la satisfait. Le problème reste entier. Zombinina qui, elle aussi, est restée à observer l'écran pendant qu'elle faisait recherche après recherche, lui dit enfin :

— Tu ne crois pas que tu devrais renoncer ? Ce n'est pas Google qui va t'expliquer ce qui se passe à Beaugenval, non ?

— Tu as raison, c'est décourageant, répond Myrta en lâchant la souris et en repoussant sa chaise.

Elle se passe la main sur les yeux, fatiguée d'avoir parcouru des dizaines de pages pas toujours très compréhensibles. Puis, d'un ton plus résolu, elle ajoute :

— En tout cas, Google m'a expliqué ce qui ne s'est pas passé à Beaugenval ! Parce que, maintenant, je sais qu'il ne peut pas s'agir d'un tremblement de terre normal. Tous les sites que j'ai consultés disent que la ville ne se trouve pas dans une zone sismique et que des événements comme ceux qui se sont produits ces jours-ci ne s'étaient jamais produits auparavant. Il y a un article paru sur le site internet du journal où, justement, le journaliste parle du tremblement de terre d'hier soir. Il dit que, dans les archives, il n'y a aucune mention d'un tremblement de terre ou de secousses quelconques dans le coin.

— Ce qui veut dire ?

— Ce qui veut dire que le tremblement de terre d'hier, comme d'ailleurs toutes les explosions souterraines et secousses dont nous ont parlé Blanche et Ian, n'a pas une origine naturelle. Il y a donc bien un responsable à toutes ces choses-là.

— Et c'est à nous de le trouver.

— Voilà. Tu l'as dit. C'est ça. Mais, sincèrement, je ne sais pas trop comment on va faire.

— Hmm... J'ai peut-être une idée, dit alors Zombinina.

Une idée ? Myrta, qui n'en a pas la moindre, serait heureuse de l'entendre.

— Alors voilà ce que je propose, lui dit l'esprit-fantôme. Pour l'instant, on va laisser tomber internet et le reste. Histoire de se reposer un peu parce que, franchement, au bout d'un moment, cet écran qui brille, je trouve ça fatigant.

Myrta reste silencieuse et, comme on dit, « qui ne dit mot consent ». Donc, Zombinina poursuit.

— Il nous reste à peine plus d'un quart d'heure avant l'arrivée des autres. Quand ils seront là, on leur posera le problème et, comme à sept on a plus d'idées qu'à deux, on finira bien par trouver une solution ! Qu'en penses-tu ?

Myrta, un peu étonnée, compte sur ses doigts : Rapha, Lucas, Laura, Clémence, Zombinina, elle-même... cela fait six, non ? Elle se tourne vers son amie et lui demande :

— Avec nous, tu as compté Douglas ?

— Ah non ! répond l'esprit-fantôme, je n'avais pas pensé à lui mais j'avais compté le chat !

Griffou miaule alors, comme pour reprocher à Myrta de l'avoir oublié. Elle le prend dans ses bras pour se faire pardonner et, puisque Zombinina a pris la tête des opérations, elle l'interroge :

— Bon. Et maintenant, en attendant qu'ils arrivent, qu'est-ce qu'on fait ?

— Toi, tu ne fais plus rien. Tu vas t'asseoir sur ce fauteuil et tu vas me laisser faire. Parce que, je ne sais pas si tu te rappelles, mais il faut que d'ici un quart d'heure, j'aie réussi à transformer tes ongles en de véritables petits drapeaux écossais !

Chapitre 15

Rendez-vous chez Myrta

La sonnette retentit de nouveau à la porte et Myrta se précipite pour aller ouvrir. Cette fois, il s'agit de Douglas et Rapha, suivis de Lucas qui vient d'arriver, lui aussi, avec son scooter.

— Ah ! C'est bien ! Maintenant vous êtes tous là.

Elle regarde Douglas avec hésitation mais Rapha la rassure tout de suite : elle n'a pas de cachotteries à faire devant lui.

— J'ai dit à Douglas qu'on allait sortir tous ensemble au ciné, ce soir, et il serait d'accord pour venir avec nous.

— Ah ! Cool !

Elle adresse un petit sourire complice à Rapha et ajoute, mine de rien :

— On va dire ça à Clémence et Laura, elles vont être contentes, c'est sûr !

— Elles sont déjà là ? demande Lucas.

— Oui, elles sont arrivées il y a un quart d'heure à peu près et, depuis, elles n'arrêtent pas de me narguer avec un paquet mystérieux qu'elles ont apporté. Elles disent que c'est une surprise mais elles veulent que tout le monde soit là pour l'ouvrir.

— Bon. Eh bien, elles aussi vont avoir une surprise en voyant que Douglas est là !

— Salut les filles !

En voyant celui qui vient de les saluer de cette façon et qui occupe tout l'espace de l'encadrement de la porte du salon, Clémence et Laura, qui étaient apparemment en train de comploter, cessent brusquement de parler.

Myrta voit que ses deux amies ont fait comme chez elles : elles sont allées dans la cuisine récupérer un grand plat à gâteaux et ont posé à côté le paquet blanc autour duquel elles font tout un tas de mystères.

— Alors, c'est quoi ce qu'il y a dans ce paquet ? Une bombe ? demande Lucas.

— Pfff. Si tu te moques, tu n'en auras pas ! Et tu le regretterais, je t'assure, parce que c'est super bon !

Laura se tourne vers Clémence et ajoute :

— D'ailleurs c'est forcément bon, puisque c'est Clémence qui les a faits.

— Ah ! Alors je sais, dit Rapha. C'est des cupcakes !

Il se souvient, bien sûr, des cupcakes qui ont fait les délices de tous, il n'y a pas très longtemps, lors de leur pique-nique au bord du lac de Hauterive.

— Perdu ! C'est encore bien mieux, tu vas voir !

Et Clémence, dans un geste théâtral, ouvre la boîte qui contient de nombreux petits gâteaux blancs et verts.

— Et c'est quoi, ça ? demande Lucas d'un ton peu convaincu.

— Mais c'est des chardons, bien sûr ! dit Laura. Les chardons de Clémence. On a fait ça toutes les deux cet après-midi.

— Ah oui ? dit alors Rapha, qui s'efforce d'adopter un ton encourageant. Peut-être que tu pourrais mieux nous les montrer, parce que là, dans le paquet, on ne les voit pas trop bien.

— Ça c'est vrai, dit Myrta. Si vous voulez, on peut les mettre sur le plat que vous avez sorti et tout le monde pourra les voir… et peut-être aussi les manger ! D'ailleurs, vous pouvez tous vous asseoir, en attendant.

Pendant que ses deux amies placent les gâteaux sur l'assiette, Myrta voit Zombinina, prudemment cachée avec Griffou derrière le canapé, regarder d'un air gourmand l'assiette couverte de pâtisseries.

— Alors, vous reconnaissez, maintenant ? dit Clémence en montrant le plat qu'elle tient dans les mains.

Myrta reconnaît la couleur blanche des *shortbreads*, les gâteaux écossais qu'elle va vendre sur son stand pendant tout le week-end. Mais Clémence a réussi à leur donner la forme de chardons et les a décorés de fruits confits verts, sans doute de l'angélique. Ce n'est pas très écossais, l'angélique, mais c'est la spécialité de la région où se trouve Beaugenval et, en plus, Clémence adore ça.

Rapha et Lucas, eux, ont manifestement du mal à reconnaître quoi que ce soit mais Douglas vient heureusement compenser leur ignorance :

— Ah ! Mais ce sont des chardons... Des chardons écossais. Ils sont vraiment superbes ! Je peux ? Mais ils sont très très bons !

Lorsque le géant saisit entre ses doigts l'un des petits gâteaux, ils semblent brusquement devenir minuscules. Après lui, tout le monde ose enfin se servir et, alors que chacun est en train de se concentrer sur ce qu'il fait, Myrta se débrouille pour en passer un discrètement à Zombinina en lui faisant un clin d'œil.

— Toi, ce n'est pas la peine de te cacher, Myrta, on t'a vue quand même !

Quoi ? Myrta sursaute et se retourne brusquement. Clémence est en train de la montrer aux autres et leur dit :

— Myrta aussi a ses petits secrets, vous savez. Mais regardez ses mains, vous allez tout de suite comprendre.

Un peu ahurie, Myrta regarde ses propres mains. *Ah ! Oui, bien sûr...*

Le premier, Rapha s'approche et regarde, puis il s'exclame :

— C'est vraiment très joli ! Et c'est drôlement bien fait !

Tout le monde s'intéresse alors brusquement aux ongles de Myrta où, sur un fond bleu foncé, se dessine la forme blanche d'une croix de Saint-André.

— C'est le drapeau de l'Écosse, dit Lucas.

— Oui, *the Saltire*, ajoute Douglas, manifestement très content de voir que ses jeunes amis sont de toute évidence des fans de son pays.

Du coup, tous s'installent et commencent à bavarder à propos de la fête et des jeux qui vont se dérouler les jours suivants.

— Bon, ce n'est pas tout, ça… Il faut qu'on pense à aller manger. Parce que, sinon, on risque de louper l'heure de la séance. C'est à sept heures, ne l'oubliez pas.

Rapha vient d'interrompre la discussion générale et tous regardent leurs montres.

— On a juste le temps d'aller grignoter quelque chose à la Sandwicherie, propose Laura. Après, comme le Splendid est juste à côté, on pourra y aller et même finir nos sandwichs en route si on manque de temps.

La Sandwicherie, dans la rue derrière le cinéma, est tout près de la rivière la Serpentine. C'est l'endroit où tous les collégiens se considèrent comme chez eux : c'est rapide et pas cher. Du coup, tout le monde est d'accord pour y aller.

Douglas, lui, se souvient brusquement d'un petit détail qu'il avait oublié : on ne lui a pas dit quel était le film de la soirée. Et lorsqu'enfin il le sait…

— « *Électroplasmus* » ? Mais c'est quoi ce film-là ? En Écosse, je n'en ai jamais entendu parler.

Hmm. Difficile à expliquer, en fait… Les cinq amis

échangent des regards gênés, comme pour se renvoyer la balle. Finalement, Myrta se décide à répondre.

— Je crois que c'est un film fantastique. En fait il n'est pas très connu… Mais de toute façon, on n'a pas le choix : ils ne passent rien d'autre.

— Mais pourquoi on n'irait pas plutôt voir *Le Seigneur des Anneaux* ? J'ai vu les affiches, à Beaugenval.

— À Beaugenval, oui. Mais pas ici !

— Quelle importance ? On n'a qu'à y aller, ce n'est pas loin.

La proposition de Douglas pourrait être intéressante, mais… il faudrait disposer d'un moyen de transport. Il est clair que Rapha et Lucas, avec leurs scooters, ne pourraient pas emmener tout le monde.

— Moi, je peux vous emmener ! dit Douglas, balayant ainsi l'objection soulevée par les autres. On peut tenir à quatre dans la voiture : je peux emmener les filles et Rapha et Lucas iront en scooter de leur côté.

Lucas pianote sur son smartphone et confirme : ce soir, ils passent bien *Le Seigneur des Anneaux*. Le premier film de la série. À huit heures trente, ce qui leur laisse largement le temps d'arriver. En fait, tous ont déjà vu *Le Seigneur des Anneaux*, et plutôt deux fois qu'une, mais… n'importe quoi serait mieux que « *Électroplasmus* », n'est-ce pas ? Alors la proposition de Douglas est acceptée à l'unanimité.

En fait de sandwichs, les filles ont commandé des salades. Puisque, finalement, ils ont tout leur temps, autant en profiter. Les salades de la sandwicherie sont particulièrement bonnes et pleines de jolies couleurs. Les garçons, eux, ont préféré des hamburgers. Pas très « cuisine française », tout ça... Mais Douglas se promet de compenser avec les restaurants super classe qu'Evarista et Eric lui ont recommandés pour lundi et mardi. De toute façon, avant les épreuves sportives qui l'attendent pendant le week-end, il n'a pas intérêt à manger des plats trop lourds !

— Alors, finalement, quelqu'un a eu des infos sur ce qui s'est passé la nuit dernière à Beaugenval ? demande Myrta, l'air de rien.

— Ah oui ! C'est vrai ! J'espère qu'il ne se passera rien ce soir, pendant qu'on sera au cinéma, dit Clémence.

— Oh... De toute façon, ce ne serait pas grave... Il ne s'est rien passé de si dramatique, finalement. Juste une secousse.

Clémence n'est pas vraiment d'accord avec Lucas. Peut-être parce que les dégâts provoqués aux stands qu'elle avait préparés avec Myrta l'ont marquée plus que lui.

— Tu oublies la tornade sur l'esplanade du château, sans compter les troncs cassés... Ce que je trouve un peu flippant, c'est surtout que les phénomènes sont de plus en plus nombreux et importants. Je me demande d'où ça vient...

Ouf ! Myrta échange un regard avec Zombinina qui

s'est assise à côté d'elle sur la banquette de plastique rouge. Elle est contente de pouvoir mettre enfin le sujet sur le tapis.

— Je me suis renseignée et j'ai vu que la ville ne se trouve pas dans une zone sismique. C'est inquiétant, non ?

Rapha la regarde attentivement, comme pour deviner pourquoi elle pose ces questions. Mais il réfléchit et répond :

— Tu as raison, c'est inquiétant. Il faudrait essayer de savoir d'où ça vient, parce que ça n'est pas normal que personne ne sache ce qui provoque ces accidents.

— Vous qui habitez ici, dit Douglas, vous ne savez pas si ce genre de chose s'est déjà produit auparavant ?

— C'est la première fois que j'ai entendu parler d'une chose pareille, dit Lucas. En fait, tout à l'heure, j'en ai parlé chez moi et mes parents m'ont dit que ça n'était jamais arrivé.

— Moi non plus, je n'ai jamais entendu parler de tremblements de terre, dans le coin. Mais je pense que, si on veut comprendre ce qui s'est passé, il faudrait procéder de façon logique.

Tous les regards se portent vers Laura, qui vient de faire cette proposition constructive, ce qui lui ressemble bien. Pour l'instant, une tomate cerise piquée au bout de sa fourchette, elle semble se demander comment faire pour organiser la réflexion.

— Eh bien, c'est simple..., dit Douglas. Est-ce qu'il y a quelque chose qui a changé ici, récemment, ou est-ce que quelque chose de spécial est arrivé ?

Les *Highland Games*, bien sûr ! C'est là la première idée qui vient à tous ceux qui se trouvent autour de la table.

— Il y a bien la fête, dit Lucas, mais je ne vois pas du tout en quoi ça aurait pu provoquer des secousses sismiques.

— Et moi non plus, dit Laura qui exprime tout haut l'avis général. Il y a sans doute autre chose.

Soudain, Griffou bondit sur les genoux de Myrta et commence à miauler pour attirer son attention. Elle sursaute et Rapha se tourne vers elle.

— Tu as pensé à quelque chose ? lui dit-il.

Merci Griffou, pense-t-elle. *Heureusement que tu es là pour me rappeler les choses importantes !*

— Oui. En fait, il s'est passé quelque chose à Beaugenval, ces derniers temps. C'est mon père qui m'en a parlé...

Et elle commence à raconter aux autres l'histoire de l'hippodrome et de ce Monsieur Degallery qui est venu à de nombreuses reprises ces derniers temps pour veiller à sa construction.

Tout le monde l'écoute avec attention. Seul Lucas avait vaguement entendu parler du futur hippodrome.

— Il me semble qu'il y a eu de nombreuses critiques à son sujet. Il a été question d'enquête à faire sur les promoteurs, des gens à la réputation douteuse. Mais, apparemment, ils ont beaucoup d'argent et ils ont réussi à faire taire les rumeurs.

Ce que Lucas vient de dire confirme l'idée que Myrta s'était faite de ce Monsieur Degallery d'après ce que lui avait dit son père.

— Hier, je suis allée faire un tour en ULM avec mon père et on est passés au-dessus du chantier, ajoute-t-elle. J'ai trouvé que c'était très bizarre : presque pas de constructions mais des machines énormes et en très grand nombre. C'était un immense champ de boue parsemé de cratères... un peu comme si des mines y avaient explosé.

— Hmm. Un hippodrome, ça devrait plutôt être plein de beau gazon et de pistes tranquilles, non ? remarque Clémence. Et elles ressemblaient à quoi, ces machines ?

— Eh bien, je les ai vues de haut, c'est difficile à dire... Mais il y en a une que j'ai remarquée parce qu'elle était particulièrement étrange. Je n'en ai jamais vu de pareille : on aurait dit une sorte d'immense tire-bouchon.

— Un tire-bouchon ? Hmm. Ce ne serait pas une foreuse, par hasard ?

Rapha hausse les sourcils et s'étonne de ce que vient de dire Lucas :

— Alors là, s'il y a vraiment une foreuse là-bas, je crois qu'il y a bien un problème. Pour faire un hippodrome, on n'a pas besoin de faire de forage, normalement.

— Et c'est où, exactement, cet hippodrome ? demande Douglas.

— Pas très loin du château, en fait. Juste à la périphérie de la ville.

Douglas regarde sa montre et réfléchit.

— On n'est pas très en avance, finalement. Mais... que diriez-vous d'aller faire un tour là-bas, juste pour nous faire une idée ? C'est vrai que ça peut nous faire louper le début du film mais, comme on l'a tous déjà vu, cela n'a pas beaucoup d'importance, non ?

Le temps pour Laura de croquer sa dernière petite tomate et pour Lucas d'avaler une dernière bouchée et tous sont prêts à partir. Tout le monde a accepté la proposition de Douglas et Lucas et Rapha partent les premiers tandis que, derrière eux, dans la petite voiture rouge louée par l'Écossais prennent place le chauffeur et ses cinq passagers. Heureusement, pour les deux passagers clandestins que sont Zombinina et Griffou, aucune ceinture de sécurité n'est nécessaire, car il n'y en aurait pas suffisamment pour tous.

Chapitre 16

Une soirée d'enfer

Argh ! N'acceptez jamais l'invitation d'un Écossais (ou d'un Anglais : là, il n'y a pas de différence) à monter dans sa voiture s'il s'agit d'une balade en France et qu'il n'a pas l'habitude de rouler ailleurs que chez lui !

Ce conseil serait celui que les trois filles, Laura, Clémence et Myrta, donneraient sans hésitation à toute personne qu'elles croiseraient maintenant si toutefois, dans l'endroit perdu où ils se trouvent, quelqu'un venait à passer.

Leur conducteur les a mises à rude épreuve tout au long du chemin. Lorsqu'il ne flirtait pas sans se gêner avec le fossé à gauche de la route, il zigzaguait dangereusement faute de réussir à se repérer. Heureusement qu'il ne s'agissait que d'aller vers Beaugenval, se dit Myrta, et pas d'aller vers le lac de Hauterive, là où la route longe parfois la Serpentine, car dans ce cas, c'est sûr, ils auraient fini par sombrer corps et biens au fond de la rivière !

Mais, pour l'instant, c'est fini. Les trois filles descendent en titubant, le cœur au bord des lèvres. Même Zombinina, qui n'avait pourtant pas grand-chose à craindre, semble à Myrta encore plus pâle que d'habitude.

— Alors, c'est ici, le repaire des brigands ? demande Douglas qui n'a pas perdu, lui, son sens de l'humour.

Apparemment, il ne s'est rendu compte de rien et a l'air de trouver tout à fait naturel que ses passagères soient complètement groggy en sortant de sa voiture. Mais... Peut-être que sa conduite, en Écosse, est aussi « sportive » qu'elle l'est en France ?

Myrta n'a pas le temps d'approfondir la question car, à ce moment-là, ils sont rejoints par Rapha et Lucas qui garent leurs scooters juste à côté de la voiture.

— C'est pas vraiment accueillant, comme endroit, vous ne trouvez pas ? Pour l'instant, moi je pense que l'entrée de leur hippodrome ne donne qu'une envie : celle de tourner bride !

— Oui, et de repartir au galop ! ajoute Laura.

La plaisanterie de Lucas fait que tous oublient les péripéties du voyage pour observer l'enceinte devant laquelle ils se trouvent. Le futur hippodrome n'est pour l'instant qu'une étendue boueuse entourée de grillages d'une hauteur respectable. L'entrée officielle est un vaste portail à double battants fermé par des verrous de taille impressionnante. Sur des plaques de tôle placées de façon bien visible au milieu des portes est indiqué, en grosses lettres noires sur fond jaune :

TRAVAUX EN COURS
ENTRÉE INTERDITE
CHANTIER INTERDIT AU PUBLIC

— Décidément, on ne risque pas de ne pas comprendre ! « Entrée interdite », « Chantier interdit »... Ils n'ont pas peur des répétitions, ces gens-là.

Clémence, l'air songeur, répond à Laura :

— Hmm. En maths, on nous a appris que deux négations s'annulent, non ?

— Oui, c'est ça. Et on peut même dire que trop d'interdiction tue l'interdiction...

La remarque de Lucas montre que lui aussi serait d'avis de braver l'interdit, mais Myrta, qui est celle qui leur a parlé de l'hippodrome, ne tient pas vraiment à les mettre tous en danger, peut-être sans raison.

— On pourrait commencer par jeter un coup d'œil par le grillage. Juste pour voir si on remarque quelque chose d'anormal ?

Ce qu'elle dit leur semble finalement être plus raisonnable et ils décident de faire le tour du chantier. Maintenant que la nuit tombe, l'aventure semble un peu plus risquée mais il n'y a pas moyen de faire autrement.

— Bon. Faites attention : il faut essayer de faire aussi peu de bruit que possible, dit Rapha.

— Attends, j'ai une idée, dit Clémence : et si on enlevait nos chaussures pour faire moins de bruit ?

En disant ces mots, elle met la main devant sa bouche

et, d'un coup, sans qu'aucun de leurs camarades en comprenne la raison, les trois filles sont prises d'un fou rire irrépressible. Il leur faut un instant pour se calmer, puis Myrta arrive enfin à dire :

— Ce n'est rien. C'était juste une plaisanterie, une histoire de chardons, vous ne pourriez pas comprendre.

Décidément, les filles sont vraiment bizarres ! pensent les trois garçons. Et, sans chercher davantage à éclaircir les choses, ils commencent à avancer.

Cela fait à peine quelques minutes que, en file indienne, ils sont en train de longer le grillage en essayant de voir au travers des herbes folles ce qui se passe sur le chantier. Déjà, ils regrettent un peu d'avoir entrepris cette aventure un peu ridicule : la zone de l'hippodrome est énorme et ils en ont peut-être pour une heure avant d'avoir fini de tourner autour... alors que, pendant ce temps-là, dans la salle de cinéma de Beaugenval, le film est en train de commencer sans eux.

C'est alors que, sans prévenir, le bruit sourd d'une explosion retentit. Une secousse fait trembler le sol sous leurs pieds et, en poussant des exclamations de surprise, ils se trouvent obligés de se raccrocher les uns aux autres pour ne pas tomber.

— Ça venait d'où, d'après vous ? J'ai eu l'impression que c'était juste là... Là en-dessous...

— Moi aussi.

D'un seul coup, immobiles, ils ont perdu leur insouciance et commencent à comprendre que leur expédition n'est pas sans danger.

— Qu'est-ce qu'on fait, maintenant ?

— Eh bien... Je crois qu'il faut essayer d'en savoir plus, sinon personne ne nous croira si on dit qu'il se passe quelque chose d'anormal ici.

C'est vrai que Monsieur Degallery semble assez puissant pour étouffer toute critique, se dit Myrta. Et elle pense aussi que la secousse qu'ils viennent de ressentir a dû ébranler encore plus les fondations du château qui ne se trouve pas si loin.

— Il faut qu'on trouve un moyen d'entrer, dit-elle.

Tous, sans même en discuter, décident de continuer ce qu'ils faisaient avant l'explosion, mais cette fois ils sont bien décidés à trouver un moyen de pénétrer à l'intérieur de l'enceinte.

— Regardez bien où vous mettez les pieds. C'est vraiment la zone, ici, dit Rapha qui a pris la tête de la marche.

Sur le sol, en effet, juste derrière le grillage métallique, il y a des bouteilles cassées, des détritus de toutes sortes et même une barre de fer passablement rouillée qu'il vient de heurter.

C'est juste à ce moment-là que Myrta entend le miaulement de Griffou derrière le grillage.

— Mais par où es-tu passé ? ne peut-elle s'empêcher de dire au matou qui se trouve là, de l'autre côté.

— Qu'est-ce que tu dis ? demande Lucas qui arrive, juste derrière elle.

— Je viens de dire « Par où pourrait-on passer ? ».

J'ai l'impression qu'il doit y avoir un passage par ici, improvise-t-elle.

Et c'est vrai qu'il doit y avoir un passage… Griffou peut bien sûr aller où il veut, mais, s'il lui a fait signe de cette façon, c'est probablement pour lui indiquer quelque chose.

— Eh bien, je pense que tu as sans doute raison, dit Rapha. Regarde : on dirait bien que cette barre a servi à quelqu'un qui a essayé de tordre le grillage.

À l'endroit où il se trouve, on peut observer que le grillage a été soulevé sur quelques centimètres.

— Des rôdeurs quelconques ont dû essayer de rentrer sur le chantier. Mais le grillage est trop solide et ils n'ont pas réussi. Le passage qu'ils ont fait est à peine suffisant pour une souris, dit-il.

Ou pour un chat…, pense Myrta.

— Ils n'ont pas réussi ? demande alors Douglas. Hmm. Et si on essayait à notre tour, qu'en pensez-vous ?

En disant ces mots, il se tourne vers Lucas comme pour le prendre à témoin, et, fouillant dans ses poches, il en extrait un mouchoir en papier qu'il enroule autour de la barre.

Et c'est là que les jeunes gens se rendent vraiment compte de ce qu'est un joueur de force écossais : la grille, que l'on aurait crue assez solide pour résister à tout ou presque, ne résiste pas plus à Douglas que s'il s'agissait de l'un de ces filets de plastique qui contiennent des clémentines dans les supermarchés.

Passer de l'autre côté est devenu maintenant un jeu d'enfant. Ils n'ont qu'à se pencher pour passer à travers la brèche que Douglas a faite dans le grillage. Comme le sol, fait d'un mélange de boue et de gravats, glisse sous leurs pieds, Rapha, qui est passé le premier, aide Myrta à se redresser. À côté d'elle, elle voit Zombinina apparaître.

C'est vrai qu'elle l'avait perdue de vue depuis un moment.

Apparemment, cela fait déjà un moment que l'esprit-fantôme, comme Griffou, est allée de l'autre côté des grilles voir ce qui s'y passe car, d'un air très inquiet, elle se penche vers Myrta pour l'avertir et la conseiller.

— Fais très attention ici. Tu te souviens de la vision décalée ?

La vision décalée ? Ah oui ! Bien sûr.

Myrta n'a pas oublié les premiers conseils de Zombinina quand elle a « passé le cap » pour devenir une Clairvoyante. Cette vision décalée, c'est ce qui lui permet, grâce à ses yeux vairons, de voir les êtres du monde magique tels qu'ils sont, sans se laisser tromper par l'aspect qu'ils ont aux yeux des êtres humains dépourvus de pouvoirs.

Qu'est-ce qu'il faut faire déjà ? Oui, je m'en souviens : il faut cligner des yeux...

D'un seul coup, Myrta ne se sent plus la même. À la pensée de ce qui pourrait se cacher ici, elle a brusquement envie de faire demi-tour. Elle aimerait en demander plus à l'esprit-fantôme mais Zombinina s'est déjà éloignée. L'avertissement qu'elle lui a donné ne peut vouloir dire qu'une seule chose : ce qu'ils vont affronter maintenant est plus qu'un danger ordinaire et elle risque d'être la seule à pouvoir protéger ses amis.

— Regardez, là-bas...

À voix basse, Lucas vient de leur désigner des baraquements qui se trouvent à peine à une centaine de mètres. Un peu à l'écart, l'édifice le plus proche, le seul qui soit éclairé de l'intérieur, se détache au milieu d'une ombre épaisse.

Douglas a alors un instant d'hésitation. Il se tourne vers les filles et leur dit :

— Vous, restez là. Cachez-vous et, s'il se passe quelque chose, ressortez par le grillage.

Clémence n'en croit pas ses oreilles. Elle échange un coup d'œil avec Laura et, se faisant aussi grande qu'elle le peut, elle croise les bras, regarde le géant écossais dans les yeux et, sans élever la voix, se contente d'affirmer :

— Il n'est pas question que je me cache. Jamais. Sauf si je veux. Alors, là, c'est simple : je ne veux pas et je viens avec vous. Et ça ne se discute pas.

Et, en effet, ça ne se discute pas. Douglas secoue la tête et renonce à insister. Et ils se dirigent tous ensemble, aussi silencieusement que possible, vers le bâtiment où il n'est pas impossible que les responsables des tremblements de terre de Beaugenval soient en train de comploter.

Le bâtiment qui est éclairé est, en fait, un simple préfabriqué. Comme tous ceux de ce type, il est très sommaire. Une demi-douzaine de fenêtres, réparties tout autour, sont garnies de stores fermés qui laissent passer des rais de lumière. Il n'y a qu'une seule porte, située du côté où ils se trouvent.

— Vous voyez quelque chose, vous ? finit par souffler Laura.

Ils viennent de passer un moment, qui leur a semblé très long mais n'a peut-être pas duré plus de quinze secondes, à scruter l'intérieur par les interstices des stores.

— Rien du tout, répond Lucas de la même façon. Et je n'entends rien, non plus.

— C'est qu'il n'y a personne, conclut Rapha. Qu'est-ce que vous en pensez ? On entre ?

Douglas, se disant sans doute qu'il est le mieux armé pour vaincre l'éventuelle résistance de la serrure, tourne la poignée. Mais il n'a aucun effort à faire.

— Ce n'est pas fermé, dit-il.

Le battant s'ouvre presque de lui-même comme une invitation à entrer. Et il entre. À sa suite, les autres pénètrent à leur tour dans ce qui est manifestement une sorte de grand bureau où plusieurs personnes doivent travailler dans la journée. Sur les tables, des téléphones et un fouillis de papiers divers côtoient des ordinateurs en veille.

— Je ne sais pas vous, mais moi, ça me gêne, d'être ici. En fait, je ne sais pas trop ce qu'on cherche. Qu'est-ce qu'on dira si quelqu'un vient ?

Laura n'aurait-elle pas raison ? Tout à l'heure, ils étaient dehors, dans l'obscurité, et ils avaient l'impression qu'il y avait quelque chose de menaçant contre quoi il fallait agir, mais... maintenant, à l'intérieur, tout a l'air tellement normal...

Ils sont presque prêts à faire demi-tour mais c'est là que, de nouveau, une secousse vient ébranler les murs et le plancher de l'endroit où ils se trouvent. La lumière vacille tandis qu'ils entendent un grondement assourdissant, venu du sous-sol, là, sous leurs pieds.

— Regardez ! Il y a quelque chose, là-dessous.

Le vacarme a attiré leur attention sur le sol. Peut-être à cause de la secousse, on voit maintenant que, près de l'une des parois, il y a une trappe ménagée dans le plancher. Elle est mal fermée et de la lumière filtre par l'ouverture.

Myrta sent la présence de Griffou qui se frotte autour de ses jambes. Est-ce un avertissement ? Une façon de lui dire qu'il est là pour l'aider s'il y a du danger ? Elle n'a pas trop le temps de réfléchir à ce qu'elle doit faire car, déjà, après avoir consulté ses amis d'un regard, Douglas soulève la trappe et descend par l'échelle de bois qui mène à ce qui se trouve en-dessous. Rapha est le deuxième et Myrta leur emboîte le pas suivie par Zombinina et les trois autres.

— On est où ici ? C'est une cave ?

Ceux qui sont arrivés en premier découvrent une sorte de couloir éclairé par des projecteurs reliés à des câbles qui courent le long de la paroi.

— À mon avis, cet endroit existe depuis beaucoup plus longtemps que le chantier.

— Regardez les murs : ils sont en pierre taillée.

— Je me demande où ça mène.

Tous parlent en même temps et en chuchotant, car les lieux ont beau avoir l'air d'être très anciens, la lumière électrique montre qu'ils sont occupés par des gens qui ne doivent pas être loin. Le sol en terre battue est parsemé par endroits de monticules de sable et de pierres tombées récemment. Peut-être à cause des tremblements de terre.

L'inquiétude a laissé la place à l'excitation de la découverte et, sans hésiter, ils vont voir ce qu'il y a au bout du couloir. Attentifs à ne pas trébucher, ils avancent sans bruit, lorsque, soudain, ils entendent les éclats de voix d'une dispute.

— ... plus possible.

— ... ce que je vous dis !

Ils arrivent à un endroit où le couloir fait un coude. Derrière, ils devinent une salle où se trouvent ceux qu'ils entendent parler. Mais ils ne voient pas grand-chose. Il faudrait qu'ils s'avancent mais, pour ne pas être vus, ils préfèrent s'arrêter.

— ... c'est devenu dangereux et inutile. Mes gars ne veulent plus continuer à cause de ces fichus tremblements de terre qui n'arrêtent pas de s'aggraver.

— Ce n'est pas à eux d'en décider. Celui qui décide, c'est celui qui paye. Et, en l'occurrence, ce n'est ni vous ni eux. Alors vous, vous continuez à forer et vous vous taisez. Retournez là-haut et dites-leur de faire leur boulot.

Il y a deux voix différentes. L'une est celle d'un homme plutôt âgé aux accents plus vulgaires. L'autre appartient à quelqu'un de plus jeune, qui parle avec froideur et autorité.

— Mais puisque ça ne sert à rien ! Depuis qu'on a trouvé ce souterrain on n'a plus rien trouvé d'autre. Alors moi, je vous dis que le souterrain, il n'a rien à voir avec ce qu'on cherche. On est descendus trop loin pour avoir une chance de tomber sur autre chose. À part sur les ennuis, parce que c'est couru d'avance : si on continue ces fichus forages, on va finir par se faire repérer.

Maintenant, l'autre homme prend son temps pour répondre. Et sa voix est moins désagréable lorsqu'il répond.

— Vous avez peut-être raison. En fait, je ne suis pas loin de penser la même chose. Mais vous savez que je ne suis pas seul à prendre les décisions et Degallery est particulièrement obstiné... Prenez plus de précautions et forez à d'autres endroits...

— Je vous dis que ça ne sert à rien. Si on continue, on va juste réussir à percer la nappe phréatique, à moins que ce ne soit déjà fait. Et alors là... bonjour les dégâts. En plus, ce vieux souterrain qui vous plaît tant, il est en train d'en prendre un coup : je sais pas si vous avez vu mais, avec les secousses, il y a des endroits où il commence à s'effondrer. Alors, vous qui passez votre temps ici, jour et nuit, moi je vous conseillerais de vous méfier.

Comme pour lui donner raison, une pierre se détache à ce moment-là du mur du couloir, entraînant quelques autres dans sa chute. Et, soudain, tout se précipite...

Il est trop tard pour reculer. Douglas prend les devants et se montre, préférant se placer entre les autres et le danger pour les protéger.

— Oh ! Quand je vous disais que les ennuis arrivaient, patron. Et ben justement les voilà...

Les deux hommes se sont déplacés et, maintenant, ils voient le groupe des jeunes gens. Du coup, bien sûr, Myrta et ses amis peuvent les voir aussi.

Aux deux voix correspondent deux hommes qui sont bien tels qu'ils les imaginaient : le plus vieux, aux traits marqués, porte les traces de la poussière et de la boue du chantier sur ses vêtements, un blouson et un pantalon large de toile grise. L'autre, celui qui semble être le chef, est vêtu d'un costume étrangement raffiné. Il semble revenir d'une soirée à l'opéra et les considère d'un air à la fois surpris et courroucé.

Mais les deux ont un point commun qui, lui, pose vraiment problème : l'un comme l'autre, ils sont armés. Et ils pointent sur le groupe de leurs visiteurs deux revolvers qui ont tout l'air d'être chargés.

— Alors là... vous tombez mal, mes amis.

Les mots, lâchés l'un après l'autre, tombent comme des couteaux. Le visage de l'homme en costume noir et chemise blanche à jabot est imperturbable, voire même inexpressif, et la phrase prononcée semble anodine. Mais ce qu'elle sous-entend ne l'est pas.

— Mon cher Guy, ajoute-t-il en se tournant vers l'homme à l'allure de contremaître, je crois que vous allez devoir nous débarrasser de nos invités. En effet, il semblerait qu'ils se soient invités tout seuls et j'avoue que je n'aime pas ce qui est improvisé.

— Qu'est-ce que je dois faire exactement ?

— Eh bien, il y a changement de programme. Finalement, au lieu de creuser des trous, vous allez simplement en reboucher.

Mais ça veut dire quoi ça ???!!!

Douglas, arrêté par les armes dirigées vers eux, n'ose rien faire qui mette ses amis en danger. C'est alors que Myrta fait quelque chose qui surprend tout le monde. Elle avance d'un air bizarre, tout en clignant frénétiquement des yeux.

C'est un vampire !

Dans un premier temps, elle a vu, comme les autres, deux malfaiteurs en train de monter leur mauvais coup dans l'obscurité du souterrain mais elle s'est enfin souvenue de ce qu'elle devait faire. Il a suffi qu'elle cligne des yeux pour découvrir que le plus jeune n'est pas ce qu'il semblait être. Son visage livide, les canines acérées qui apparaissent lorsqu'il parle, la lueur rougeâtre au fond de ses yeux, tout coïncide : on dirait, en plus jeune, la réplique du Comte Calixte Gula qu'elle a rencontré près du lac aux Sirènes, il n'y a pas si longtemps.

Rien ne semblait jusque-là pouvoir troubler le vampire. Plein de suffisance, il était aussi sûr de lui et de sa supériorité que quelqu'un qui a une arme à feu dans la main alors que son adversaire est désarmé. Mais là, lorsqu'il la voit se diriger vers lui et qu'il remarque son regard étrange, il perd d'un seul coup son calme olympien.

Heureusement, comme lorsqu'elle avait rencontré le Comte, Myrta a à ses côtés Zombinina et Griffou. Griffou, le doux petit chat gris, vient de changer de couleur et de forme. Sans surprise, cette fois, elle a assisté à sa métamorphose : sous son pelage flamboyant, il a maintenant l'apparence d'un lynx de taille exceptionnelle. Le félin s'approche d'elle, comme pour lui demander la permission d'aller attaquer celui qui la menace. Elle le sent impatient : tous ses muscles sont tendus et il est prêt à bondir.

Doucement, elle pose sa main sur l'encolure du fauve et le retient, en murmurant doucement :

— Non, Griffou, non, pas encore...

— Comment pouvez-vous être là ? Normalement tous ceux de votre espèce ont disparu depuis longtemps, et les griffons aussi...

Décidément, les vampires sont idiots..., pense Myrta qui échange un regard entendu avec Zombinina. *Celui-ci ne devrait pas parler sans réfléchir...*

Et, en effet, Griffou semble ne pas apprécier. D'habitude, il miaule, mais là... Lorsque le vampire entend le feulement menaçant, il est tétanisé et voit avec horreur que le griffon le couve d'un regard gourmand.

Il sait que les griffons ne craignent pas les balles, pas plus que l'esprit fantôme qui se trouve à côté de la jeune fille aux yeux vairons. Alors, en montrant ostensiblement qu'il accepte sa défaite et qu'il n'est plus une menace pour aucun d'entre eux, il pose son arme sur la table à côté de lui et, tournant le dos brusquement, à la vitesse de l'éclair, il s'enfuit.

La scène s'est déroulée trop vite pour que qui que ce soit (à part Myrta, Zombinina et Griffou, bien sûr) y comprenne quelque chose.

Le plus sidéré de tous est quand même le dénommé Guy qui voit avec stupéfaction son chef, pris de panique, s'enfuir comme un fou par le souterrain sans demander son reste. Déstabilisé, il ne sait plus quoi faire et hésite un instant, suffisamment en tout cas pour que Douglas puisse se ruer sur lui, lui arracher son arme et le mettre hors d'état de nuire.

Au même moment, Rapha, suivi immédiatement par Lucas, se précipite sur les traces du fugitif.

— Alors là, franchement, tu m'as épatée ! dit Laura qui se précipite pour prendre Myrta dans ses bras. Tu as été follement courageuse d'aller défier ce cinglé comme ça !

Clémence, qui a aidé Douglas à attacher le comparse du vampire en lui passant la sangle amovible de son sac à main, vient bientôt les rejoindre.

— Moi j'aurais été incapable de le traiter de gros fou, ce type-là ! Même si c'est vrai qu'il est fou à lier ! J'espère que la police va pouvoir lui mettre la main dessus vite fait parce que de le savoir dans la nature, franchement, ça me fait froid dans le dos.

Lucas et Rapha reviennent au bout de quelques

minutes, bredouilles.

— On l'a perdu. C'est une vraie fusée, ce mec… Mais on a vu par où il est sorti : le souterrain mène au centre du chantier. D'ailleurs il y avait des types qui étaient là à attendre à côté d'une énorme foreuse. Quand on est arrivés, ils venaient de voir leur patron leur filer sous le nez et, apparemment, ça leur a donné envie de décamper eux aussi. En ce moment, je pense qu'il ne doit plus en rester un seul, là-haut.

— Eh bien au moins, il en reste un en bas ! dit Douglas. Et celui-là, il ne risque pas de se défiler.

— Maintenant, il faut d'urgence téléphoner à la police.

Laura brandit son portable en réponse à Lucas.

— Pas la peine, dit-elle. C'est déjà fait depuis un bon moment. Et ils ne devraient plus tarder à arriver. Quand l'autre idiot a suggéré qu'on pourrait peut-être finir enterrés quelque part sur son chantier, Clémence et moi on a envoyé un SMS au 114.

— C'est quoi ça, le 114 ?

— Le numéro d'urgence, bien sûr…

Mais elle est interrompue : elle a désactivé le mode silencieux de son téléphone, et on l'appelle pour lui demander si elle est toujours là où elle l'a indiqué… C'est la gendarmerie et, de l'autre bout du couloir, leur parviennent des bruits qui montrent que les gendarmes viennent justement d'arriver.

Chapitre 17

Les Highland Games

Samedi matin

Myrta se réveille brusquement. Elle vient de faire un rêve dont les images se dissipent trop vite pour qu'elle s'en souvienne, mais elle en garde une impression d'urgence, comme si quelque chose de très important devait se produire aujourd'hui.

Elle se retourne sous la couette qu'elle n'a pas encore envie de repousser car il est bien trop tôt et la nuit a été trop courte. C'est alors qu'elle entend un miaulement de protestation : Griffou, installé confortablement sur elle, au milieu de son lit, n'est pas satisfait d'avoir été dérangé.

— Alors, remise de tes émotions ?

Zombinina s'est assise sans façon à côté d'elle et la scrute comme si elle voulait vérifier qu'elle ne se rendort pas.

— Quelle heure il est ?

— Neuf heures moins le quart.

Myrta se frotte les yeux.

— C'est pas vrai... Je viens à peine de m'endormir... Enfin bon, on est rentrés drôlement tard hier soir, et je ne me suis pas couchée avant une heure, tu te rends compte ?

— Hmm... Une heure du matin ? En effet, c'est tard ! Mais qu'est-ce que vous avez fabriqué ? Il était à peu près dix heures quand on est partis du chantier, non ?

Oui, c'est vrai. Ils sont partis peu après dix heures. Le temps de tout montrer et expliquer aux gendarmes, et que ces derniers prennent leurs dépositions. C'est fou le temps que ça peut prendre tout ça.

— Eh bien, c'est simple : on est allés au cinéma !

Zombinina regarde Myrta avec incrédulité.

—Mais... vous avez dû à peine voir la moitié du film ! Parce que ça commençait à huit heures trente, non ? Je sais bien que *Le Seigneur des anneaux* c'est très long mais, quand même...

— Ah ! Mais non ! Finalement, il était trop tard mais, comme on était trop énervés pour rentrer tout de suite, on est allés voir *Électroplasmus* au Splendid. Il y avait une séance à 10 heures trente et ça nous convenait parfaitement. En plus, figure-toi que c'était vraiment super bien !

Super bien ? *Électroplasmus* ? Zombinina a du mal à le croire... En voyant la tête qu'elle fait, Myrta croit utile de préciser :

— Bon, non... En fait c'était pas le film. Le film, lui, il était nul. Mais on s'est vraiment bien amusés. Le méchant, le type qui a inventé l'appareil électrique pour fabriquer des ectoplasmes, avait l'air complètement coincé et débile. Et on a trouvé qu'il ressemblait drôlement au vampire d'hier soir. Alors, du coup, comme on ne connaît pas son nom, maintenant on l'appelle Électroplasmus, lui aussi.

— Hmm. Eh bien moi, je me demande où il est passé, notre Électroplasmus. Griffou lui a collé une frousse d'enfer, en tout cas !

En entendant Zombinina parler du chat, Myrta le cherche des yeux. Fatigué d'entendre les filles bavarder, il s'est décidé à se lever et est en train de chercher quelque chose sous le lit.

— Tu sais ce qu'il fabrique? demande-t-elle.

— Oh ! Il est en train de boire du lait, je suppose. Hier soir, il était surexcité. Forcément, il avait vu le vampire lui échapper et ça l'avait frustré. Alors je lui ai servi un bol de lait, pour compenser et, pour éviter que tu ne donnes un coup de pied dedans en rentrant, je l'ai caché sous le lit.

Logique, tout ça. Sauf que...

— Au fait, tu ne trouves pas que, depuis quelque temps, tu as changé ? Je veux dire : maintenant, tu arrives à attraper et à prendre plein de choses : le bol de lait, le vernis à ongles de ma mère, l'ordinateur... Je croyais que, comme tu es un esprit-fantôme, tu ne pouvais rien faire de tout ça.

— Oui. Sauf quand tu es là... Et, comme on s'est de plus en plus habituées l'une à l'autre, maintenant, il suffit que je sois chez toi pour pouvoir faire tout ce que je veux, même en ton absence. C'est un peu comme si c'était ma maison, à moi aussi !

Sa maison ? Ici ? C'est cool, ça ! Mais ça fait aussi un peu bizarre quand même, pense Myrta.

À ce moment-là, elle entend sonner le réveil qu'elle a programmé pour neuf heures, et elle l'éteint.

— Zut ! Il faut vraiment que je me lève, maintenant ! J'ai un million de trucs à faire, ce matin !

— Tu dois aller travailler à Beaugenval ?

— Non, pas ce matin. Je vais manger à onze heures, pour pouvoir partir à midi. Les fêtes commencent cet après-midi et je dois être là-bas dès l'ouverture, pour tenir le stand de *shortbreads* !

— Mais, il y a quelque chose d'urgent, non ? Il faut prévenir Ian et Blanche de ce qui s'est passé hier soir. Ils ont le droit de savoir qu'on a trouvé l'origine des explosions et qu'elles ne recommenceront plus.

— Ah, c'est vrai ! Mais je ne sais pas comment je vais pouvoir faire : je n'aurai vraiment pas une minute à moi aujourd'hui.

Zombinina hausse les épaules.

— Si tu veux, je vais y aller avec Griffou.

— Merci ! Vraiment. Et n'oublie pas de leur dire que je viendrai les voir dès que j'aurai un moment.

— Oui, compte sur moi. Le seul problème, c'est que...

Zombinina se tait et semble hésiter.

— Qu'est-ce que tu veux dire ?

— Eh bien... Je me demande pourquoi Ian et Blanche sont restés coincés dans ce château depuis tous ces siècles.

J'avais pensé que c'était parce qu'ils devaient se réconcilier mais, maintenant c'est fait, et ils sont encore là. Alors, je pense juste que, peut-être, ils restaient à cause du danger que courait le château. Et, maintenant que c'est fini…

Myrta sent brusquement son cœur se serrer. Est-ce qu'elle ne reverra plus jamais les deux revenants ? Elle aimerait les revoir au moins une dernière fois mais elle n'est pas assez égoïste pour retarder pour autant le moment où on leur annoncera la nouvelle qui est peut-être, aussi, celle de leur libération. Zombinina a raison : ils ont le droit de savoir.

— Dis-leur que, s'ils veulent attendre que je vienne les voir, j'en serai heureuse mais que, de toute façon, je ne les oublierai jamais.

Zombinina hoche la tête sans rien dire et prend Griffou dans ses bras. Son image devient alors de plus en plus pâle et floue, puis invisible. Myrta se retrouve seule dans sa chambre et, il faut bien le dire, un peu triste aussi.

— Ils sont bons, ceux-là, mais ils ne sont quand même pas aussi bons que les tiens !

Clémence est heureuse d'entendre Lucas la féliciter pour ses *shortbreads*. Il est quatre heures déjà et il est venu avec Rapha grignoter quelque chose et, aussi, bavarder un peu. Il est vrai qu'ils ont tous dû manger de bonne heure pour pouvoir être à leur poste en temps voulu. Alors, forcément, maintenant ils ont faim.

— Vous avez eu du monde, jusqu'ici ?

— Oh oui ! Il y a pas mal de gens qui se sont précipités tout de suite, juste pour être sûrs que les stocks ne seraient pas épuisés avant qu'ils n'aient pu en acheter. Mais, depuis un moment, c'est un peu plus calme. Je crois que tout le monde est en train de regarder la compétition.

Rapha écoute la réponse de Myrta mais il a l'air rêveur et la jeune fille se demande ce qui le préoccupe.

— Sinon, tout va bien, pour vous ? Pas de soucis ?

— Non, mais... Je me disais juste qu'il nous était quand même arrivé beaucoup de choses pendant toute cette semaine. En ce moment tout se passe bien, mais j'espère que les ennuis c'est fini.

— Oui, hier ça a quand même été le bouquet ! dit Clémence. En fait, j'avoue que je n'ai pas vraiment compris ce qu'il fabriquait, notre Électroplasmus, avec ses foreuses et tout le reste.

Le surnom fait sourire tout le monde.

— Finalement, répond Lucas, il paraît qu'ils étaient en train de faire des forages géothermiques. En tout cas, c'est ce qu'ils ont écrit dans le journal de ce matin. Vous n'avez pas vu l'article ?

— Si, si, dit Clémence. Mais j'avoue que j'ai d'abord cherché nos noms et... j'ai vu que cet idiot de journaliste ne parlait même pas de nous ! Alors, franchement, cet article à la noix, je n'ai même pas retenu ce qu'il disait.

— Ils ne parlent pas de nous parce qu'on est des mineurs et comme, en plus, on est rentrés sur le chantier sans autorisation… les gendarmes ont demandé au journaliste de ne rien dire là-dessus. Moi, je trouve que c'est plutôt sympa, en fait.

Les explications de Rapha n'ont convaincu Clémence qu'à moitié.

— Bon, d'accord. Si tu veux. Mais, pour en revenir au chantier, ce n'était pas un hippodrome ce qu'ils voulaient faire ?

— Oui, théoriquement. En tout cas, ils ont obtenu l'autorisation de faire des travaux pour construire un hippodrome. Ce qui est sûr, c'est qu'en creusant le terrain ils ont trouvé des souterrains qui datent du Moyen-Âge et ils ne les ont pas déclarés. En plus, ils faisaient des forages, sans doute pour obtenir de l'énergie gratuite ou quelque chose dans ce genre, mais pour ça, ils n'avaient pas d'autorisation et c'est strictement interdit.

L'allusion aux souterrains du Moyen-Âge a subitement suscité l'intérêt de Myrta.

— Des souterrains si près d'ici… Cela a sans doute quelque chose à voir avec le château, vous ne croyez pas ?

Rapha désigne d'un geste la direction de l'endroit où se trouve le chantier qu'ils ont visité la veille.

— Tu dois avoir raison. Regardez, le chantier se trouve à même pas un kilomètre d'ici, vers l'ouest. En fait, il est juste derrière la colline. Je pense qu'il s'agit peut-être des passages secrets qui permettaient de sortir du château. Il paraît qu'il y en avait toujours sous les châteaux-forts. C'était au cas où il y aurait un siège, pour que les gens puissent s'échapper ou aller chercher des secours. Mais, bien sûr, la plupart des gens ignoraient leur existence.

— Dans ce cas, c'est vraiment bien qu'on ait empêché Électroplasmus de les détruire : parce que si personne ne lui avait mis des bâtons dans les roues, il aurait fini par tout casser avec ses forages stupides.

La déclaration de Clémence est saluée par le bruit assourdissant d'acclamations qui proviennent du terrain où ont lieu les épreuves.

— Tiens ! On dirait qu'un des athlètes vient de réussir une performance particulièrement impressionnante, remarque Lucas.

— Dommage, vous avez sans doute raté quelque chose de sympa à voir, dit Myrta.

Les deux garçons font en effet partie des bénévoles qui restent près du terrain de sport. Ils aident à transporter le matériel et veillent à ce que personne ne s'approche trop de la zone réservée à la compétition.

— C'est peut-être Douglas, qui sait ? Pour l'instant, on l'a déjà vu jouer et il ne s'en sort pas mal du tout.

La remarque de Lucas rappelle à Myrta ce que Rapha lui a dit à son propos.

Peut-être que dans quelques années ce sera Lucas qui sera acclamé par les spectateurs, pense-t-elle en souriant intérieurement.

— Il faudra qu'on aille voir Douglas, nous aussi, dit-elle. Tout à l'heure, Mara et Lucie doivent venir nous remplacer. On va avoir une heure de pause et on veut aussi en profiter pour aller voir Laura danser avec son groupe. Mes parents l'ont vue en début d'après-midi et ils nous ont dit qu'elle était formidable !

À ce moment-là, il se produit un mouvement dans la foule. Apparemment, une phase des jeux vient de se terminer et les spectateurs en profitent pour se dégourdir les jambes et rendre visite aux stands. Myrta et Clémence doivent s'occuper des clients qui veulent acheter leurs *shortbreads* et Lucas et Rapha repartent eux aussi pour reprendre leur travail.

Il est cinq heures et, enfin, les trois amies peuvent profiter, ensemble, de la fête. Myrta et Clémence sont allées applaudir Laura et son groupe. Laura a été géniale. Clémence a dit que le costume de Laura est trop classe et qu'elle veut absolument avoir le même, même si cela veut dire qu'il faut qu'elle se mette à faire de la danse, elle aussi. Faire de la danse folklorique, c'est bien sûr, d'une certaine façon, faire du sport mais... il faut savoir faire quelques sacrifices pour obtenir ce qu'on veut, a-t-elle admis.

En attendant, toutes les trois ont comparé leurs ongles. Elles arborent toutes le même *nail art*: le drapeau écossais, croix de Saint-André blanche sur fond bleu soutenu... car elles ont suivi scrupuleusement les conseils du tutoriel partagé sur Facebook par Myrta.

Maintenant, elles essaient de traverser les allées où des groupes de musiciens passent en jouant des airs traditionnels écossais. Elles ne savent pas exactement combien il y a de *pipe bands* en ce moment à Beaugenval mais on a l'impression qu'ils sont partout et que les cornemuses n'arrêtent jamais.

Lorsque, enfin, elles arrivent près des pelouses où tous les spectateurs, assis sur l'herbe, assistent aux compétitions, elles se rendent compte que les épreuves qui ont lieu actuellement sont assez folkloriques, elles aussi. Les athlètes, tous en kilt, naturellement, ont pour but de lancer aussi loin que possible un énorme marteau semblable à ceux des forgerons. Myrta et ses amies en ont déjà vu, bien sûr, dans les films fantastiques qu'ils passent régulièrement au Splendid, et où il y a toujours un forgeron pour ferrer les chevaux du héros ou pour lui fabriquer une épée invincible contre les dragons. Enfin bref, ce marteau, il est tellement énorme qu'il ne semble pas vrai.

Placé au milieu d'une cage grillagée (juste pour éviter que l'athlète n'envoie, par mégarde, son marteau au milieu des spectateurs), le joueur tourne sur lui-même plusieurs fois pour prendre son élan, puis lance son projectile.

C'est assez spécial.

Et aussi assez exaltant, il faut l'avouer. D'ailleurs Myrta et ses copines se retrouvent avec tous les autres spectateurs en train de crier comme des folles parce que le dernier joueur a réussi un lancer époustouflant.

Finalement, ce sport-là, on y pourrait devenir accros, se disent-elles en applaudissant.

Sur le terrain, parmi les autres champions, elles

reconnaissent Douglas. Bizarre : pour une fois, il donne l'impression de ne pas être plus grand que la normale. Peut-être parce que les autres joueurs sont tous des géants comme lui ? Elles n'ont pas trop le temps de se poser la question car, à ce moment-là, le tour de Douglas vient justement d'arriver. C'est à lui d'effectuer son troisième lancer. Et c'est le dernier joueur de cette série.

Les spectateurs lui font une ovation. Un spectateur à côté d'eux leur dit qu'il a réussi un deuxième lancer extraordinaire. Il a battu le record de cette catégorie-là. Quoi qu'il arrive, il est déjà en tête et sûr de gagner.

Pendant que le champion se concentre, puis prend de l'élan en faisant tournoyer le marteau, la foule se tait elle aussi. Puis c'est un seul cri qui s'élève lorsque le marteau, propulsé avec une énergie prodigieuse, s'éloigne... et va terminer sa course au-delà des limites marquées par les repères officiels.

Hors-jeu.

Le marteau est allé trop loin mais... le plus étrange est qu'il est allé se perdre au-delà du mur qui marque la limite du terrain.

Tout le monde voit les jeunes gens qui s'occupent du matériel aller chercher le marteau. Ce sont deux jeunes gens que Myrta, Clémence et Laura reconnaissent bien : Rapha et Lucas. Autour d'elles, on commente le résultat. Ce tir est raté, mais cela n'a finalement que peu d'importance puisque Douglas avait déjà gagné. Comme c'était le dernier lancer de cette série, tous les spectateurs se lèvent, tournent le dos au terrain et s'en vont pour aller profiter d'un long moment de pause.

Personne, ou presque, ne semble remarquer que les garçons tardent à revenir. Personne à part leurs trois amies et Douglas qui, inquiet, se dirige à son tour dans la direction où ils ont disparu et va les rejoindre de l'autre côté du mur.

Chapitre 18

Une épée pour un anneau

Les trois amies vont à contre-courant.

Dans la foule, il y a sans doute leurs parents mais elles ne les voient pas. Ce n'est d'ailleurs pas plus mal car, en ce moment, elles n'ont aucune envie d'être arrêtées par qui que ce soit : elles ne pensent qu'à rejoindre leurs amis.

Par contre, Myrta voit Zombinina, accompagnée de Griffou, qui l'attend à l'endroit précis où, un instant plus tôt, Douglas se trouvait. De loin, la jeune fantôme lui fait signe de se dépêcher de les rejoindre.

Devant la barrière qui sépare les spectateurs du terrain de compétition, des bénévoles placés là pour surveiller les empêchent d'avancer. Mais, en ce moment, il n'y a aucune compétition en cours. La pause doit durer une demi-heure et les garçons qui sont là sont de Fontebelle : ils reconnaissent Myrta et ses amies et, finalement, ils acceptent de les laisser passer.

— Qu'est-ce qu'il y a derrière ce mur ? demande Laura.

Myrta le sait bien, puisqu'elle est passée par là à deux reprises, pour aller à la rencontre des revenants. Mais elle se garde bien de le dire.

— Aucune idée. Mais on ne va pas tarder à le savoir.

Derrière le pan de mur qui masque, aux yeux de tous, le terrain parsemé de ruines qui se trouve derrière, elles retrouvent Rapha, Lucas, et Douglas qui les a rejoints lui aussi.

Et tous trois ont un point commun : ils semblent figés sur place et, complètement immobiles, ils fixent un point au milieu d'un pan de mur effondré, comme s'ils ne pouvaient pas en détacher le regard.

Clémence, qui s'est dépêchée et arrive la première, observe ce qu'ils regardent et s'exclame :

— Oh ! Mais on dirait que c'est un passage !

Depuis que Myrta est passée par là, la dernière fois, il s'est produit quelques changements. À l'endroit où, avant, il n'y avait qu'un pan de mur recouvert de lierre, elle constate que les pierres de ce mur sont tombées et laissent apparaître l'entrée d'un souterrain. Et, à l'endroit précis de l'ouverture, posé sur le sol là où il est tombé, se trouve le marteau lancé par Douglas.

— N'avancez pas !

Rapha vient de sortir de sa transe. Il se place au milieu du chemin de façon à empêcher les filles d'aller plus loin. Mais, manifestement, il cherche ses mots pour leur expliquer ce qui se passe. Et elles remarquent brusquement que, comme celui des deux autres, son visage est pâle comme la craie.

— Eh bien, qu'est-ce qu'il t'arrive ?

— Qu'est-ce que vous avez ? On croirait que vous avez vu un fantôme !

Myrta, elle, ne dit rien. À côté d'elle, Zombinina lui a pris le bras et lui souffle : « J'ai vu Ian et Blanche. Il y a du nouveau. Mais fais très attention : il y a du danger. »

Rapha passe la main devant ses yeux et finit par répondre.

— On est entrés... Il y a quelqu'un là-dedans. Un mec en kilt. Il a dit qu'il attendait Myrta et qu'il voulait lui parler.

Clémence et Laura se tournent vers leur amie, d'un air surpris. Un mec en kilt ? Bon, en ce moment, à Beaugenval, des mecs en kilt il y en a plein. Alors, pourquoi Rapha, Lucas et Douglas font-ils tous cette tête-là ? Et comment l'homme en kilt connaît-il Myrta ?

Ces questions viennent s'ajouter à d'autres, qu'elles n'ont jamais osé poser avant. Mais ce n'est peut-être pas le moment de le faire...

Alors que Myrta commence déjà à se diriger vers l'entrée du souterrain, Rapha la saisit par le bras.

— Attends ! Tu n'y vas pas toute seule, je viens avec toi. Le mec, là en bas... il est spécial...

Euh... Oui, c'est sûr. Il est un peu spécial, vu que c'est un revenant ! pense Myrta.

— Ne t'en fais pas. Je crois que je sais qui c'est, dit-elle à haute voix.

Et elle se dirige tranquillement vers l'entrée, juste un peu inquiète parce que... derrière elle, Rapha, Lucas et Douglas, surmontant leur peur, s'apprêtent à la suivre. Laura et Clémence, évidemment, veulent tout voir elles aussi. Et, naturellement, Zombinina et Griffou, que le revenant connaît déjà, l'accompagnent. Si Ian voulait une entrevue discrète... ça risque d'être un peu raté !

La descente est un peu difficile. Les pierres tombées en éboulis sont mélangées aux branches épaisses du lierre qui, il n'y a pas longtemps encore, les recouvrait presque entièrement. Une seule personne peut se glisser à la fois dans l'étroit passage. D'ailleurs, c'est après une véritable glissade que Myrta arrive dans une salle plutôt basse de plafond et dépourvue de fenêtres. Elle en reconnaît immédiatement l'aspect : c'est un endroit qui ressemble étrangement aux souterrains qu'ils ont découvert la veille dans le chantier. Il s'agit probablement d'une autre partie du réseau de passages secrets creusés sous le château.

— Tu n'es pas venue seule...

Elle se tourne en direction de la voix. Ian se tient au fond de la salle et il n'est pas difficile de le voir malgré la pénombre car le revenant est entouré d'un halo de lumière, diffuse mais claire.

Elle n'a pas besoin de se retourner pour savoir que les trois garçons sont là et elle entend, derrière elle, les exclamations étouffées de Laura et Clémence qui, à leur tour, viennent d'arriver.

— Ce sont mes amis, répond-t-elle à Ian. Ce sont eux qui m'ont aidée à faire arrêter ceux qui menaçaient le château en provoquant les tremblements de terre.

— Dans ce cas, ce sont eux aussi mes amis, dit le revenant tout en s'inclinant légèrement en direction de ceux qu'il ne peut plus considérer comme des intrus. Mais ce que je veux te montrer, je veux que tu sois seule à le découvrir.

Myrta se tourne vers ses amis et constate qu'ils ont du mal à admettre ce qu'ils voient et entendent. Et il est clair que Rapha veut la retenir. En y pensant bien, elle peut d'ailleurs le comprendre. Ian n'est pas seulement un revenant. C'est un revenant particulièrement impressionnant, avec son allure farouche de guerrier venu tout droit du Moyen-Âge et l'épée immense qu'il porte avec lui.

Elle pose la main sur le bras de Rapha pour le rassurer et dit calmement, et assez fort pour être entendue de tous :

— Je n'ai rien à craindre. Ian est un ami. Je vais aller avec lui mais, surtout, je vous demande de rester ici et de ne rien faire pour nous suivre.

Ils ne sont pas convaincus mais, à l'évidence, ils sont ébranlés. Rapha se tourne vers les autres pour les consulter du regard puis, à regret, fait un signe de tête pour montrer qu'il accepte.

Lorsque Myrta s'éloigne avec Ian dans le couloir, ils n'essaient pas de l'en empêcher et restent immobiles. S'ils la suivaient, peut-être la mettraient-ils en danger ? Mais de la savoir seule avec le guerrier fantôme les glace de peur.

En fait, Myrta n'est pas seule : Zombinina et Griffou, que Ian peut voir mais qu'il connaît bien, eux aussi, sont venus avec elle. Lorsque, un instant plus tard, ils entrent dans une grande salle voûtée d'où rayonnent d'autres couloirs plus étroits encore, c'est avec plaisir qu'ils constatent que Blanche de Beaugenval est là, et sourit en les voyant entrer.

Myrta, en regardant la Dame Blanche, se dit qu'elle est encore plus lumineuse qu'elle ne l'était auparavant. Sur son visage, on peut lire qu'elle leur est reconnaissante de ce qu'ils ont fait. Pour elle et pour Ian, mais aussi pour son château qui aujourd'hui n'est plus menacé. Elle flotte, comme d'habitude, au-dessus du sol pavé de carreaux anciens de couleur rouge sombre. D'un mouvement gracieux, elle s'écarte alors de l'endroit où elle se trouvait et dévoile, de façon inattendue et spectaculaire, l'objet qui se trouvait jusque-là derrière elle.

C'est un coffre de dimensions imposantes, fait d'un matériau qui semble être du bois recouvert de cuir et de ferrures d'argent dont le temps a tout juste réussi à ternir le brillant.

— Ce coffre est celui que j'ai rapporté d'Espagne. Il contenait la fortune que j'avais rapportée de là-bas et que je voulais utiliser pour payer la rançon de Blanche, mais je ne sais pas si elle y est encore.

Myrta se tourne avec étonnement vers Ian.

— Vous n'avez pas voulu l'ouvrir ?

— Non. Il ne m'appartient plus. Là où je suis maintenant, l'or et l'argent ne servent plus à rien. Mais je voulais que tu le trouves avant les autres. C'est le cadeau que je voulais te faire.

Myrta regarde Ian avec reconnaissance. Ce coffre ne représente pas seulement de l'argent mais des souvenirs et, à ce titre, il n'a pas de prix. En pensant à l'histoire tragique de la rançon, elle se souvient brusquement de Passefroid.

— Je me demande comment ce coffre est arrivé jusqu'ici. À ce qu'on dit, Passefroid a disparu juste après la fin du siège.

Sa question indirecte provoque un échange de regards entre Blanche et Ian. Et c'est elle qui répond à Myrta :

— Il a voulu s'enfuir avec son butin, naturellement. Le meilleur moyen de passer inaperçu et de disparaître sans susciter de questions c'était le passage secret. Je suppose qu'il devait en avoir entendu parler par les Anglais qui occupaient le château. Mais quand il est arrivé dans cette salle il n'a pas su lequel des couloirs il devait prendre...

Elle désigne du geste les trois couloirs qui sortent de la pièce.

— ... de plus ces couloirs sont étroits et il devait être gêné par le coffre. Il a sans doute posé le coffre ici puis il a essayé l'un des passages. Malheureusement pour lui, il n'a pas choisi le bon.

Zombinina, qui n'a pas bien compris, regarde les revenants d'un air interrogateur. Cette fois, c'est Ian qui explique ce qui s'est passé :

— Après le siège, le château était très endommagé et il a été abandonné. Il est tombé en ruines, ce qui fait que ce souterrain était bouché depuis des siècles. Hier soir, les dernières explosions ont fait tomber le mur qui en cachait l'entrée et Blanche et moi l'avons découvert. Quand nous sommes entrés, nous avons trouvé le coffre. Puis nous avons regardé dans les couloirs. Il y en a un qui est celui par lequel vous êtes passés : celui-là conduit à l'extérieur du côté du château. Mais l'un des deux autres était un piège. Il est rempli d'oubliettes. Vous ferez très attention et vous préviendrez vos amis pour qu'ils ne risquent pas de tomber dedans.

— Mais... Et Passefroid ? Qu'est-il devenu ? demande Zombinina.

— Hmm... Hélas pour lui, il a choisi le mauvais passage. En fait, je crois que ses ossements se trouvent encore ici, au fond d'une oubliette. Finalement, ce traître n'a pas pu profiter de ses crimes.

Brrr... À l'idée des oubliettes et du squelette qui s'y trouve probablement encore, Zombinina sent un frisson glacé la parcourir. Pour changer de sujet, elle se tourne vers le coffre autour duquel Griffou est en train d'essayer de gratter le sol, peut-être à la recherche d'une hypothétique souris...

— On pourrait essayer de l'ouvrir ? propose-t-elle.

Ian et Blanche regardent Myrta, la laissant décider.

— Eh bien, je pense que c'est une bonne idée. Comme

ça, on saura si le trésor de Ian s'y trouve encore.

Elle s'approche et regarde le couvercle du coffre. Il est couvert de gravures raffinées, probablement ciselées en Espagne. Au milieu, elle a même la surprise de distinguer un symbole celtique qui ne lui est pas inconnu : un triquetra. Il est vrai que, comme Ian le lui a dit il y a quelque temps, le triquetra est le symbole de l'alliance et il l'avait choisi pour emblème.

Bien que ternies, les fermetures en argent ne portent aucune trace d'oxydation. Myrta s'attend quand même à ce qu'elles résistent mais, à sa grande surprise, dès la première tentative, le couvercle s'ouvre sans difficulté. Il émet seulement un grincement qui, dans le silence du souterrain, paraît un peu sinistre.

L'éclat jaune de l'or semble illuminer d'un seul coup la pièce dont le dallage rouge prend des reflets dorés. Hélas... au même moment, une voix inconnue et grinçante retentit dans la pièce :

— Ce coffre m'appartient, et nul autre que moi n'a le droit d'y toucher.

Myrta connaît bien les fantômes et les revenants. Elle a déjà rencontré des sirènes et des vampires. Mais là, pour la première fois, elle voit de près à quoi ressemble un zombie...

— Mais non ! Je te l'ai déjà dit mille fois ! Les zombies, ça n'existe pas.

D'accord... Ok. Les zombies, ça n'existe pas. Mais alors, qu'est-ce que c'est ce truc horrible, là ?

— Lui... Eh bien, c'est un spectre, voilà tout.

Une fois que Zombinina a apporté cette intéressante précision, Myrta n'est pas plus avancée. Devant elle, l'air menaçant, un spectre (un truc pas ragoûtant qui ressemble à un zombie) la menace de son épée. Et, tout à coup, elle comprend : elle a devant elle le spectre de l'ignoble Roger de Passefroid. Pendant tout ce temps où le souterrain a été bouché, c'est-à-dire pendant des siècles, ce vilain spectre n'a dû avoir d'autre compagnie que lui-même, vu qu'il y était enfermé. Dans ces conditions, rien d'étonnant à ce qu'il soit un peu aigri et énervé.

Le plus urgent serait de lui échapper. Le spectre du traître, auréolé d'une ombre noire, s'approche dangereusement du coffre qu'elle utilise maladroitement comme un bouclier. Il a beau être lent, son épée aux reflets rouillés, pointée sur elle, va bientôt l'atteindre.

Bizarrement, Griffou, auquel Myrta jette un coup d'œil désespéré, semble d'une indifférence totale. Pour l'instant, il reste le joli matou à l'air tranquille qu'elle aime caresser : et pourtant, là, tout de suite, elle aimerait bien le voir se transformer !

Mais l'explication à la nonchalance de Griffou ne tarde pas à arriver. Entre elle et le spectre, vient soudain s'interposer la silhouette de Ian et leurs épées se heurtent dans un grand fracas métallique. Son soulagement est immense et elle s'écarte comme elle peut du combat. Si jamais quelqu'un lui avait dit qu'un jour elle se sentirait aussi heureuse de voir un revenant, elle l'aurait traité de fou !

Au milieu de la salle, les deux fantômes s'affrontent avec la rage et la violence de ceux qui ont attendu des siècles pour pouvoir enfin combattre leur ennemi.

Roger de Passefroid, armé de son épée à laquelle la rouille donne d'étranges reflets orangés, semble plus souple que son adversaire. À chacun de ses mouvements, il soulève des nuages d'étincelles et de suie. Les coups pleuvent et, bien que les deux soldats soient morts depuis longtemps, les carreaux rouges du sol donnent l'impression d'être couverts de sang.

Ian MacGregor, lui, est plus puissant et plein d'assurance. Des deux mains, il brandit sa claymore avec une force et une précision qui montrent sa volonté de vaincre. Et, au bout de quelques minutes où Myrta a mille fois cru mourir de peur, il réussit à acculer son adversaire dos au mur et à placer sur son cou la pointe de son épée.

Le problème, bien sûr, elle va s'en rendre compte très vite, c'est qu'il est plutôt difficile de tuer un mort... Bien que vaincu, le spectre les surprend en effet en éclatant de rire.

— Décidément, tu ne comprendras jamais rien, Ian. Il ne suffit pas d'être le vainqueur ou le meilleur. Ce qu'il faut, c'est avoir de la patience, attendre, et être là au bon moment. C'est comme ça que jadis j'ai pu te voler ton trésor. Et c'est ce que je vais refaire maintenant.

Et, désignant Myrta d'un doigt squelettique, il ajoute :

— Tu tiens à cette jeune fille... ?

Ian, dans l'attente, préfère ne pas répondre à la menace

et Myrta, bizarrement, sent un frisson glacé la parcourir de la tête aux pieds.

— ... Eh bien, aujourd'hui tu as pu la protéger mais... demain ? Tu ne peux pas me tuer et désormais je suis libre de sortir de ce souterrain. Alors, je la suivrai. Jour et nuit. Et je profiterai d'un moment où tu ne seras pas là...

Myrta, angoissée, regarde en direction de Blanche et Ian. Que vont-ils faire pour répondre au spectre de Passefroid ?

La réponse est : rien du tout.

Car Blanche et Ian ne regardent plus Passefroid. Ils regardent en direction de Myrta. Ou plutôt, non : ils regardent en direction de Griffou qui est juste à côté d'elle. Griffou qui, justement, vient de se décider à changer quelque peu d'aspect.

Lorsque Passefroid se rend compte que son adversaire n'a pas l'air d'attacher d'importance à ses menaces, il suit enfin son regard. Et là, pour lui, il est trop tard...

L'énorme lynx, rapide comme l'éclair, bondit sur le spectre et l'emporte. Où ? Nul ne le sait, car ils disparaissent aussitôt. Myrta a à peine le temps de s'inquiéter pour Griffou que, de nouveau, elle le voit réapparaître, petit chat gris qui vient se frotter affectueusement à ses jambes en miaulant doucement.

— Que s'est-il passé ? demande alors Blanche.

— Les spectres ne peuvent pas être tués, explique Zombinina d'un ton calme. Mais un griffon a le pouvoir de les remettre à leur place. C'est ce que Griffou a fait. Personne ne reverra ce spectre, plus jamais.

Les deux revenants regardent alors d'une façon tout à fait différente le petit félin qui est en train de se lécher tranquillement les pattes. Et on peut voir dans leurs yeux passer une lueur d'affection et de respect.

— Alors, si on l'ouvrait, maintenant ? Cette fois, il n'y aura plus personne pour jouer les trouble-fête.

Il est temps de détendre l'atmosphère, et Myrta entreprend de soulever de nouveau le couvercle du coffre. Elle n'a fait qu'entrevoir son contenu tout à l'heure, juste avant que le spectre ne fasse irruption.

Et c'est l'éblouissement.

Le trésor de l'Écossais est composé d'une infinité de pièces anciennes dont Myrta ne connaît pas les noms. Les monnaies d'or et d'argent sont mélangées à des joyaux qui étincellent de couleurs vives ou douces. Mais, posé au-dessus de cela, c'est un rouleau de parchemin ancien qui attire l'attention.

De quoi s'agit-il ? Myrta comprend immédiatement que cela ne peut être que la fameuse lettre écrite par Ian et que Blanche n'a jamais pu lire. Elle s'en saisit et, se tournant vers les deux revenants dont l'expression est éloquente, elle la leur tend.

Le visage de Blanche est couvert de larmes. Pendant

qu'elle lisait la lettre écrite par son fiancé sept cents ans plus tôt, Myrta l'a vue se transformer, et lui aussi. Alors qu'ils étaient pâles et translucides, elle les a vus briller d'une lumière douce et chaude comme les derniers rayons du soleil, le soir. Soudain, le guerrier se saisit de son épée et se tourne vers le coffre sur lequel, au milieu des joyaux et de l'or, se détache un simple anneau d'argent.

— Si tu le permets, dit-il à Myrta, je vais te proposer quelque chose. Cette épée ne me servira plus maintenant, je souhaite l'échanger contre cet anneau orné de mon emblème : c'est celui que je destinais à ma fiancée et je crois qu'aujourd'hui il est temps pour elle de le recevoir.

Ian MacGregor dépose alors sur le coffre sa claymore qui prend immédiatement un tout autre aspect : celui des objets qui appartiennent au monde réel et non à celui des fantômes. Puis, en échange, il prend l'anneau qui symbolise l'alliance et le glisse, enfin, au doigt de Blanche de Beaugenval.

Épilogue

À bientôt en Écosse !

Dimanche soir

À cette heure tardive, la crêperie n'est pas vraiment bondée. Elle se trouve en face du Splendid et, avec la Sandwicherie, c'est l'un des deux restaurants préférés des jeunes de Fontebelle. On peut y venir juste pour grignoter une crêpe au sucre ou bien pour y prendre un repas complet si on a le temps. Et justement, ce soir, ils ont tout leur temps.

Les *Highland Games* sont terminés depuis la fin de l'après-midi. Douglas s'y est distingué : en plus de remporter la place du vainqueur en lancer de marteau, c'est lui qui a réussi le plus beau lancer de tronc, l'épreuve la plus stylée des jeux ! Pour fêter son succès, et aussi la fin de leurs aventures, Myrta et ses amis ont décidé de se retrouver avec lui pour dîner. Cette fois au moins, ce sera pour manger un plat typiquement français. Ou plutôt, d'ailleurs, typiquement breton.

Les trois filles sont installées en face des trois garçons. Le géant écossais, qui a été impressionné par le caractère de Clémence, est en train de lui expliquer en quoi consiste son travail, en Écosse. Il est prof de sports dans une école privée. Clémence n'a pas osé lui avouer que, le sport, ce n'était pas vraiment sa tasse de thé, alors elle l'écoute religieusement, en apparence. Ses amis, riant sous cape, savent bien que, derrière son air attentif, ses idées doivent vagabonder.

Justement, les idées de Myrta aussi vagabondent. Elle regarde, en bout de table, la place vide où Zombinina s'est installée. Elle a l'air de bien s'amuser en écoutant leurs bavardages, mais Myrta, qui caresse discrètement Griffou, installé sur ses genoux, aimerait que les autres puissent la voir et lui parler.

Hier après-midi, peu après que Ian ait passé l'anneau au doigt de sa fiancée, les deux revenants lui ont fait leurs adieux. Ils l'ont serrée dans leurs bras avant de s'en aller et, au lieu de la sensation glaciale qu'elle s'attendait à éprouver, elle a cru sentir la caresse d'un vent chaud d'été. Lorsque les deux revenants ont disparu, c'est Zombinina qui l'a consolée. Elle lui a expliqué que, désormais, les revenants étaient devenus libres. Ils pouvaient enfin quitter le château et étaient sans doute partis quelque part pour une lune de miel bien méritée. Mais... s'ils étaient libres de partir, ils l'étaient aussi de revenir et, un de ces jours, elle les verrait réapparaître, au moment où, probablement, elle s'y attendrait le moins.

Elle sort de sa rêverie et se rend compte que, autour de la table, c'est aussi de revenants qu'on est en train de parler. Clémence a enfin réussi à changer de conversation et Douglas est en train de leur confier, avec une certaine gêne, un secret que, dit-il, il n'avait jamais confié à quiconque auparavant.

— La petite ville où j'habite, en Écosse, est dans une région dont vous avez sans doute entendu parler : c'est celle où se trouve le Loch Ness. C'est une région de lacs, mais aussi de châteaux. La plupart sont très anciens et quelques-uns sont en ruines. Les paysages y sont superbes, il faudra que vous veniez me rendre visite : je vous emmènerai sur la lande où il y a de belles balades à faire. D'ailleurs, un jour, j'étais en train de me promener avec des amis. On était en train de visiter les ruines d'un château...

Et là, Douglas s'interrompt. La suite, apparemment, est ce qui est le plus difficile à dire.

— ... Vous comprenez, mes amis étaient avec moi mais je ne leur ai jamais dit ce qui m'était arrivé. Je pensais qu'ils me prendraient pour un fou.

— Mais qu'est-ce qui t'est arrivé ? demande Lucas.

— Eh bien voilà. Moi, à un moment, j'ai voulu visiter une partie des bâtiments qui était encore debout mais ça n'intéressait pas les autres. Alors, j'y suis allé tout seul. Et c'est là que je l'ai vue.

— C'est là que tu as vu... qui ?

— Une femme. Une femme aux longs cheveux roux qui était là, assise sur les pierres. Elle était penchée sur quelque chose, en train d'écrire ou de coudre, je ne sais pas trop, et c'est pour ça que d'abord je n'ai pas compris. C'est quand elle a relevé la tête... J'ai vu à ce moment-là qu'elle n'était pas normale. Elle était comme transparente. Comme l'homme qu'on a vu ce matin.

— C'était un fantôme ?

— Oui, c'est ça. Quand elle m'a vu, elle a eu l'air surprise, et même affolée. Je crois qu'elle a eu encore plus peur que moi ! Et puis elle a disparu, pfff. Comme ça...

Et Douglas claque des doigts.

Le serveur, qui est à ce moment-là en train de servir la table d'à côté, croit qu'on l'appelle et rassure la tablée :

— Vous inquiétez pas, ça vient, ça vient... On est en train de finir vos plats en cuisine. Encore deux petites minutes et je vous les apporte !

Pendant un moment, ils restent tous silencieux puis, une fois que le serveur s'est éloigné, Douglas s'exclame :

— Eh bien, j'espère qu'il n'a rien entendu de ce que je disais ! C'est bête, mais dire qu'on a vu un fantôme, c'est prendre le risque d'être traité de fou.

Pendant que Myrta glisse un coup d'œil entendu à Zombinina qui écoute avec intérêt la conversation, Rapha intervient :

— Oui, tu as raison. C'est bien pour ça qu'on a décidé de ne dire à personne ce qu'on a vu hier dans le souterrain. Par contre, ce serait bien si on pouvait en parler, juste entre nous... parce que quand même, ce type... C'était quoi, d'après vous ?

Comme un silence embarrassé lui répond, il regarde Myrta qui se trouve en face de lui.

— Et puis, j'aimerais juste savoir pourquoi il voulait te parler spécialement à toi. Tu nous as dit que c'était ton ami ?

— Hmm. Oui. En fait, je l'avais déjà vu mais je ne vous l'avais pas dit.

Myrta regarde tous ses amis qui l'écoutent avec étonnement.

— Mais enfin ! s'exclame Clémence. Un truc pareil, quand même, tu aurais dû nous en parler ! Pourquoi tu ne nous as rien dit ?

— Parce que je ne voulais pas que vous me preniez pour une folle, évidemment !

Clémence hoche la tête pour montrer qu'elle comprend la logique et Myrta poursuit, cette fois en s'adressant directement à Rapha.

— Tu te souviens, mercredi matin, quand tu es arrivé au stand ? Je venais de pousser un cri...

— Oui, je m'en souviens très bien. Tu avais vu un serpent.

— Eh bien, justement. Ce n'était pas un serpent. C'était... C'était lui. Le revenant.

Comme tous ont l'air d'attendre avec impatience la suite de son récit, elle poursuit :

— Cette fois-là, il m'a collé une frousse terrible. J'avoue. Je me suis demandé si je n'avais pas eu une hallucination ou quelque chose comme ça. Mais après, il m'est apparu une deuxième fois, jeudi après-midi. J'étais seule et, en attendant l'arrivée de mon père, j'étais revenue au stand ranger des trucs. Il était là. Quand je l'ai vu, d'abord je ne l'ai pas reconnu et je n'ai pas remarqué qu'il était bizarre. J'ai cru que c'était juste un athlète venu pour les jeux. Il a commencé à me parler et, plus tard, quand j'ai compris que c'était un fantôme je n'avais plus vraiment peur, vous comprenez ? Je m'étais habituée.

Un silence suit ses paroles. Tous donnent l'impression qu'ils réfléchissent et comparent l'expérience de Myrta à celle qu'ils ont vécue.

— C'est vrai, dit finalement Douglas. Moi, quand j'ai vu la fille assise dans les ruines, je n'ai pas compris tout de suite que c'était un fantôme. Après, j'y ai repensé et j'ai regretté d'avoir réagi comme ça. Je me suis dit que, si on avait eu le temps de parler, on aurait pu apprendre à se connaître et j'aurais pu savoir ce qu'elle faisait là...

— Peut-être qu'un jour tu pourras y retourner ? suggère Laura. À mon avis, si elle était là depuis des siècles elle peut bien y être encore.

— Celui qu'on a vu hier m'a dit qu'il était le gardien du château, reprend Myrta. Son rôle, c'était juste de le protéger.

— Mais pourquoi est-ce qu'hier il a voulu que tu viennes seule avec lui ?

La question de Rapha amuse Zombinina.

« Décidément ! Tu ne trouves pas qu'il a l'air un peu jaloux ? », glisse-t-elle à l'oreille de son amie.

— Eh bien, il voulait juste me montrer le trésor et puis, surtout, il voulait me prévenir du danger. Il m'a montré l'emplacement des oubliettes avant qu'on ne vienne tous, pour empêcher que quelqu'un risque d'y tomber.

— J'espère que le maire va faire condamner l'entrée des oubliettes, dit Lucas. Mais surtout, je suis content qu'il ait l'intention de faire un musée pour exposer le trésor. Et qu'il ait décidé de faire restaurer le donjon pour l'installer.

— Oui, c'est cool, dit Clémence. Et, franchement, je suis trop heureuse de penser qu'ils vont mettre notre photo dans l'entrée pour dire que c'est nous qui l'avons découvert ! J'ai vraiment hâte que le musée soit fait !

— Pas avant un an, si tout se passe bien, dit Rapha. Mais ce que je trouve extraordinaire, moi, c'est le trésor, bien sûr, mais c'est surtout le manuscrit et l'épée qu'on a trouvés : c'est la preuve que depuis les temps les plus anciens il existait une alliance entre le clan écossais des MacGregor et les Français de Beaugenval.

— La « *Auld Alliance* », non ? demande Clémence.

— Ce n'est pas exactement ça mais l'idée est là, répond Rapha.

— Et vous savez quoi ? dit Douglas. Figurez-vous que ma mère était justement une MacGregor. Ce qui fait que, même de loin, je suis apparenté au chevalier qui a laissé son épée ici. Et d'ailleurs, peut-être aussi au revenant : j'ai remarqué qu'il portait un tartan aux couleurs de ce clan.

— Le maire a dit que tu serais invité pour l'inauguration

du musée, dit Myrta. Mais si tu es un MacGregor, tu auras le double de raisons de revenir à Beaugenval !

— Mais oui, j'espère que, avant, vous viendrez tous me voir en Écosse mais je serai aussi très heureux de revenir ici !

Le serveur, qui arrive avec un plateau chargé de crêpes, croit cette fois encore que Douglas s'adresse à lui.

— Eh bien nous sommes très flattés, Monsieur. J'espère que nos crêpes vous plairont et si vous revenez souvent chez nous, nous serons heureux de vous accueillir !

Tout le monde s'amuse de ce que le serveur vient de dire et, comme les crêpes ont l'air en effet très appétissantes, ils se souviennent d'un seul coup que la journée a été longue et qu'ils ont une faim de loup. Comme chacun ne s'occupe plus que de ce qu'il y a dans son assiette, Myrta peut glisser quelques morceaux de crêpe en direction de Griffou. Mais Zombinina, désœuvrée, a l'air un peu mélancolique. Alors, l'air de rien, Myrta change de conversation.

— Vous avez vu les photos des jeux que j'ai mises sur Facebook ? dit-elle.

— Oh, oui ! Elles sont géniales ! s'exclame Clémence.

— Ces derniers temps, tu vas souvent sur Facebook, dit Laura. C'est à cause des vacances je suppose, mais j'espère que tu vas continuer parce que tu mets des trucs super sympas.

— Ah oui ? Merci ! Mais, justement, je voulais, à tous, vous demander un service.

— Bien sûr, répond Rapha. Dis-nous juste de quoi il s'agit.

— Eh bien voilà. J'ai une copine. Une fille que j'ai rencontrée sur un forum de *nail art*. Elle vient juste de se créer un compte Facebook et, du coup, elle n'a pas encore beaucoup d'amis. Alors j'aimerais bien que vous l'ajoutiez à votre liste. Vous ne la connaissez pas encore, mais vous verrez : elle est vraiment cool.

— Bien sûr, on va tous le faire. Et comment elle s'appelle, ton amie ?

Myrta fait un petit sourire de côté à la jeune esprit-fantôme qui la regarde avec les yeux brillants.

— Je la connais par son pseudo, bien sûr. Et son pseudo, c'est... Zombinina.

Sommaire

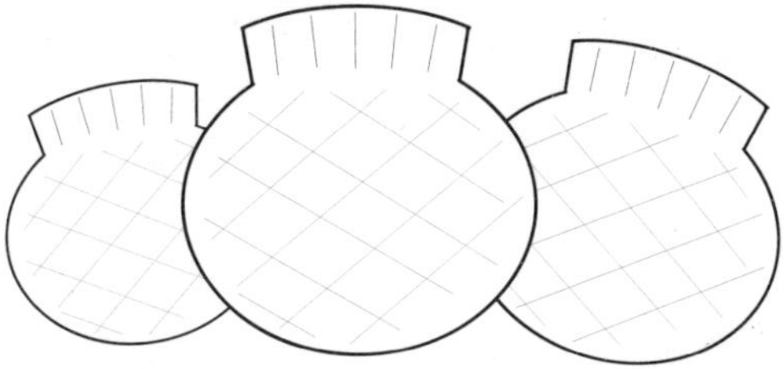

Les shortbreads-chardons de Clémence

Le shortbread est un gâteau au beurre typiquement écossais et le chardon est le symbole de l'Écosse. Alors, un shortbread en forme de chardon, c'est 100% écossais et surtout 100% délicieux !

Pour 15 shortbreads, il te faut :

- 100 g de sucre
- 200 g de beurre
- 300 g de farine
- des morceaux d'angélique confite (ou de fruits confits verts)

La recette

Dans un grand saladier, coupe grossièrement le beurre en morceaux.

Verse le sucre et malaxe jusqu'à ce que le sucre soit incorporé au beurre.

Ajoute maintenant la farine et malaxe jusqu'à ce que cela forme une pâte.

Étale la pâte sur 1 cm d'épaisseur et découpe des ronds avec un emporte-pièce ou un verre. Dépose les ronds sur une plaque à four recouverte d'une feuille de papier sulfurisé.

Appuie avec tes doigts sur le haut de chaque rond pour former le haut du chardon, comme sur le dessin (tu peux aussi utiliser un couteau si tu préfères).

Avec la pointe d'un couteau, trace un quadrillage sur la partie arrondie et trace des traits sur le haut. Coupe l'angélique en bâtonnets et enfonce-les dans le haut de chaque chardon.

Mets au four préchauffé à 180°C (Th. 6), pendant 20 minutes.

Ce livre a été imprimé sur du papier certifié FSC.

FSC
SGS-COC-009480

33, rue du Châtenay, 85120 La Châtaigneraie
www.auloup-editions.fr
Imprimé en Bulgarie par Gunyfal-S.A. (www.gunyfal.com).
ISBN 979-10-93950-07-5 - Dépôt légal : mars 2015
Loi n°49-956 du 16 juillet 1949 sur les publications destinées à la jeunesse modifiée par la loi n° 2011-525 du 17 mai 2011.